소리를 삼킨 소년

소리를 삼킨 소년

부연정 장편소설

㈜자음과모음

차례

목격자

바보.

벙어리.

모자란 놈.

모두 나를 부르는 말들이다.

하지만 사실 나는 바보가 아니다. 벙어리도 아니고 모자란 놈
도 아니다. 다만 다른 사람과 조금 다를 뿐이다. 나를 진찰한 정
신과 의사 선생님은—나는 이 의사를 그리 좋아하지 않는다. 나
를 만날 때마다 자꾸만 무언가를 시키고 질문을 해 대기 때문이
다—내가 경증의 아스퍼거증후군을 앓고 있다고 진단했다. 동시
에 어릴 적 트라우마로 말을 하지 못하는 함묵증까지 가지고 있
다며 내 보호자인 아빠를 안쓰럽게 쳐다봤다.

그때 나는 여섯 살이었다. 의사 선생님은 여섯 살짜리 아이가

얼마나 많은 것을 아는지, 또 얼마나 많은 말을 알아들을 수 있는지 모른다. 나는 아스퍼거증후군이나 함묵증이라는 말은 몰랐지만 조용히 그 말을 듣던 아빠의 얼굴은 기억한다. 아빠는 마치 쓴 약을 털어 넣은 것 같은 표정이었다. 입 안에 머금은 것을 삼키지도 못하고, 그렇다고 뱉지도 못하는 표정이었다.

하지만 의사 선생님이 모르는 게 한 가지 있다. 나는 말을 하지 못하는 게 아니다. 하지 않는 것뿐이다. 비록 다섯 살 때부터 지금까지 10년이 넘도록 말을 하지 않았지만 마음만 먹으면 언제든 말을 할 수 있다, 아마도. 그냥 지금은 굳이 말을 하고 싶지 않을 뿐이다.

말을 하지 않아도 사는 데 큰 지장은 없다. 큰 지장이 없다뿐이지 사소한 지장은 몇 가지가 있다. 예를 들어 아무리 급해도 휴대폰의 통화 기능은 사용하지 못한다든지, 요즘 유행하는 아이돌의 노래를 따라 부를 수 없다든지 혹은 처음 만나는 사람에게 내가 말을 할 수 없다는 사실을 매번 설명해야 한다든지, 하는 번거로운 일들이다.

그래도 통화 대신 문자를 사용할 수 있고, 좋아하는 아이돌 같은 건 없으며, 늘 같은 사람만 만나니까 크게 문제 될 것은 없었다. 나는 이대로도 충분히 만족한다.

간혹 학교에서—주로 새 학년이 되어 반 배정을 받은 후에—"너 말 못한다며?" "1 더하기 1이 몇인 줄은 알아?" 하며 놀리는 아이들이 있기는 하지만, 학교폭력이 이슈가 되면서 그런 일들도 꽤 많이 줄었다.

특히, 얼마 전에 왕따 가해자 세 명이 강제 전학 처분을 받으면서 아이들 사이에는 조금 더 조심스러운 분위기가 흘렀다. 그리고 선생님들은 학교 이름이 또 한 번 뉴스에 오르내릴까 봐 한층 더 예민하게 아이들을 단속했다. 나에게는 썩 잘된 일이다.

아빠는 학교폭력에 관한 뉴스를 볼 때마다 슬그머니 내 눈치를 살핀다. 내가 왕따 피해자가 될까 봐 걱정스러운 것이다. 솔직히 내가 생각해도 나만큼 손쉬운 먹잇감이 없긴 하다. 어차피 나는 말을 하지 못하니까 고자질당할 걱정도 없지 않은가.

물론 내가 글까지 적지 못하는 것은 아니다. 나는 글자로 내 의사를 표현하는 데 아무런 문제가 없고, 심지어 휴대폰 자판은 누구보다 빨리 칠 수 있다. 내가 휴대폰을 다다닥 누를 때마다 아빠는 항상 "우리 태의, 진짜 대단한데? 어떻게 그렇게 빨리 칠 수가 있지?" 하며 나를 추켜세우곤 했다. 그럼 나는 콧대가 높아져 한층 더 빠르게 자판을 눌렀다.

결론만 말하자면 아빠의 걱정은 기우였다. 중학생이 되면서 나를 괴롭힐 만큼 관심을 갖는 아이가 드물어졌기 때문이다. 그 시기의 남자아이들에게는 남을 괴롭히는 것 말고도 재미있는 일이 잔뜩 있었다. 이를테면 게임이라든지 혹은 게임이라든지, 아니면 게임 같은 것들.

그러니까 내 존재는 한마디로 길거리에 있는 개똥과 비슷하다. 마주치면 불쾌해서 인상을 팍 찡그리지만 자기 손으로 치우는 것보다 그냥 피해 가는 게 낫다고 여기는 개똥.

이것 역시 나에게는 다행이 아닐 수 없었다. 요즘 뉴스에 나오는 중2들은 아무렇지 않게 범죄를 저지르는 무서운 존재니까. 아이들이 나를 괴롭히기 시작하면 나 같은 건 눈 깜짝하는 순간 지구에서 사라질 수도 있었다.

나는 아직 죽고 싶지 않았다.

"이제 오는 게냐. 오늘은 평소보다 조금 늦었구나. 쿨럭쿨럭."

갑자기 누군가가 나에게 말을 걸었다. 걸음을 멈추고 고개를 돌리자 공원 벤치에 앉아 있는 노숙자 할아버지가 보였다. '노숙자 할아버지'라는 건 할아버지의 이름이 아니다. 내가 부르는 별명이다. 실제로 그 할아버지가 노숙자인지 아닌지는 알 수 없다. 우리에게는 그만한 친분이 없다. 오며 가며 이야기를 몇 번 나눈 게 전부니까.

그렇다고 할아버지의 외모가 노숙자처럼 지저분하냐고 묻는다면 그건 아니었다. 할아버지는 흰머리를 단정하게 빗어 넘겼고 깨끗한 체크무늬 셔츠를 늘 목 끝까지 잠갔다. 그 앞을 지나가도 불쾌한 냄새 따위는 나지 않았다.

그럼에도 불구하고 나는 그 할아버지를 노숙자라고 불렀다. 할아버지가 항상 같은 자리에 앉아 있었기 때문이다. 더운 날도 추운 날도 비가 오는 날도. 마치 그곳에 사는 사람처럼 말이다.

하굣길에는 작은 공원—공원이라는 이름이 무색할 만큼 작은 곳이다. 나무 열두 그루와 벤치 네 개가 전부였다—이 있는데, 노숙자 할아버지는 내가 하교할 때마다 늘 그 공원 두 번째 벤치에 앉아 있었다.

나는 이랬다저랬다 하는 사람을 싫어한다. 예를 들면 오늘은 첫 번째 벤치에 앉았다가 내일은 세 번째 벤치에 앉는 그런 사람 말이다. 그것도 순전히 그러고 싶은 기분이 들었다는 이유만으로.

나는 모든 물건이 제자리에 있는 것을 좋아하고, 모든 일을 같은 시간에 하는 것을 좋아한다. 나는 정확하게 아침 7시 30분에 일어난다. 잠시 침대에 누워 있다가 7시 35분이 되면 세수를 하고 7시 50분에는 아침을 먹는다. 아침으로는 현미와 견과류가 든 시리얼을 먹는데 아무리 배가 고파도 30그램만 먹어야 한다. 왜냐하면 시리얼 포장지에 1회 제공량이 30그램이라고 적혀 있기 때문이다. 그건 한 번 먹을 때 30그램을 먹는 게 적정하다는 의미이고, 나는 대기업 연구실의 실험 결과를 존중한다.

8시 10분이 되면 양치질을 하고 8시 15분에는 교복을 입은 후 잠시 소파에 앉아 텔레비전을 보다가 8시 30분이 되면 집을 나선다. 그러면 정확히 8시 45분에 학교에 도착하는데 그때부터는 학교 시간표에 따라 움직인다.

나는 노숙자 할아버지가 좋았다. 할아버지는 다른 벤치가 비어 있을 때도 늘 두 번째에만 앉아 있었다. 그건 할아버지도 나처럼 모든 물건이 제자리에 있는 것을 좋아한다는 뜻이다.

그래서 두 달 전, 노숙자 할아버지가 처음으로 나에게 "내가 가만히 보니 학생이 매일 우유를 손에 들고 오더군. 우유를 싫어하는 거라면 나한테 주는 건 어떻소? 나는 우유를 좋아하거든"이라며 말을 걸었을 때도 생각만큼 기분이 나쁘지 않았다. 원래 모르는 사람이 말을 거는 건 무척이나 불쾌한 일인데도 말이다.

나는 벤치에 앉아 있는 할아버지를 멀뚱멀뚱 내려다보았다. 아빠가 반갑게 인사하는 사람을 모르는 척하고 지나가는 건 무례한 행동이라고 말했던 게 떠올랐다. 내가 사람들의 인사를 무시하는 바람에 곁에 있는 아빠를 난처하게 만든 적이 몇 번 있었다.

하지만 나도 할 말은 있었다. 나는 그들을 일부러 무시한 게 아니었다. 그때마다 더 관심이 가는 일들이 생겼던 탓이다. 감나무 집 할머니와 만났을 때는 마침 할머니가 키우는 푸들이 사마귀와 치열한 사투를 벌이고 있었다.

나는 그 싸움의 승자가 누가 될지 무척이나 궁금했다. 덩치는 푸들이 훨씬 더 컸지만 사마귀 역시 앞발을 맹렬하게 휘두르며 물러설 기미를 보이지 않았다. 나는 이 흥미로운 대결에서 눈을 뗄 수 없었고 어쩔 수 없이 감나무 집 할머니의 인사에 대꾸를 하지 못했다.

아참, 잊어버릴 뻔했는데 그 싸움의 승자는 사마귀였다. 사마귀가 점프를 하며 푸들의 코를 깨물자, 푸들이 낑낑거리며 할머니 다리 뒤로 숨었으니 사마귀의 승리가 분명했다. 나는 용감한 사마귀에게 아낌없는 박수를 보냈다. 그게 승자에 대한 예의니까.

옆집 아저씨가 내게 인사했을 때도 마찬가지였다. 그 아저씨의 배는 늘 바가지를 엎어 놓은 것처럼 볼록했다. 나는 그 안에 무엇이 들어 있을까 무척이나 궁금했다.

나는 아저씨와 인사를 주고받는 아빠의 배를 쳐다봤다. 아침에 시리얼을 60그램이나 먹은 배는 살짝 볼록한 정도였다. 내가 몇 번이나 아빠에게 1회 권장량은 30그램이라고 말했지만 아빠는 그것만 먹으면 금방 배가 고파진다고 했다.

어쩌면 옆집 아저씨는 시리얼을 60그램이 아니라 한 통 모두 먹었을지도 모른다. 아저씨에게 시리얼의 1회 제공량에 대해 이야기를 해 줄까 말까 고민하느라 아저씨의 인사에 아무런 대꾸를 할 수 없었다.

물론 나는 10년째 말을 하지 않고 있기 때문에 인사하는 사람을 봤다고 해도 "안녕하세요" "좋은 아침이에요" 같은 대꾸는 할 수 없었다. 그저 꾸벅하고 고개를 숙이는 게 전부였다. 하지만 아빠는 인사가 무척이나 중요하다고 했다. 인간관계에서는 인사만 잘해도 반은 먹고 들어간다고 했다.

아빠는 무척이나 인사를 잘한다. 모르는 사람에게도 아무렇지 않게 먼저 인사한다. "어서 오세요" "오랜만에 오셨네요" "반갑습니다" 할 수 있는 인사말도 엄청나게 많았다. 편의점 사장이라 하루에 100명도 넘는 사람들에게 인사를 하기 때문이다. 아빠 말대로라면 아빠는 이미 반은 먹고 들어갔다.

어디에 들어간다는 것인지는 모르겠지만.

아빠가 처음부터 편의점 사장이었던 건 아니다. 아빠는 원래 은행에 다니던 회사원이었는데, 할머니 말에 따르면 엄청 잘나가는 직원이었다고 한다. 쉴 새 없이 전화가 울리고, 수많은 사람이 아빠를 찾아왔으며, 돈을 빌리기 위해 굽실거렸다고 말이다.

그런 아빠가 은행을 그만두고 편의점 사장이 된 것은 내가 초등학교에 입학하면서였다. 아빠는 나를 특수학교에 보내지 않았다. 평범한 아이들과 크게 다를 것 없다는 희망의 끈을 놓지 못한 것인지도 모른다고 할머니가 말하는 걸 들은 적이 있다.

경계선 장애라는 건 내가 비장애인에 비해 장애인에 가깝다는 의미이기도 하지만 반대로 중증장애인에 비해 정도가 약하다는 의미이기도 했다. 아빠는 끝까지 나를 포기하지 않았다.

막상 학교에 들어간 나는 아빠의 기대와 달리 잘 적응하지 못했다. 지금은 좀 나아졌지만 처음에는 낯선 아이들과 같은 공간에 있다는 사실이 너무 싫었다. 40분 동안 한자리에 앉아 있어야만 하는 것도 너무너무 싫었고, 자꾸만 나한테 말을 거는 아이들의 오지랖도 너무 너무 너무 싫었다.

그래서 수업 중에 벌떡 일어나 뱅글뱅글 맴을 돌기도 하고, 책상에 마구 머리를 박기도 하며, 때로는 거품을 문 채 쓰러지기도 했다. 그럴 때마다 아빠는 회사를 조퇴하고 학교로 달려와야 했는데, 한 달에도 몇 번씩 그런 일이 반복되다 보니 상사에게 꽤나 눈치가 보였던 모양이다.

아빠는 조퇴하는 날이 많아지자 결국 사표를 내고 말았다. 그러고는 퇴직금을 받아 옆 동네에 편의점을 열었다. 아빠는 편의점 사장이 된 후로 내가 쓰러졌다는 연락을 받으면 바로 가게 문을 잠그고 뛰어왔다. 채 30분도 걸리지 않았다.

솔직히 말하자면 학교에서 전화를 할 때마다 아빠가 직접 올 필요는 없었다. 할머니를 대신 보내도 되고 정 안 되면 담임선생님에게 부탁해도 되었다. 다른 친구들 중에는 그런 부모님도 꽤 있었다.

하지만 아빠는 내가 불안해할 때마다 만사를 제치고 내 곁으로 달려왔다. 물론 아빠가 온다고 해서 딱히 내 상태가 나아지는 것은 아니었다. 나는 여전히 뱅글뱅글 맴을 돌았고, 책상에 머리를 박았으며, 보건실에 죽은 듯이 누워 있곤 했다.

그럴 때는 다른 사람의 손이 내게 닿는 것이 끔찍하게 싫었고 그건 아빠라고 해도 마찬가지였다. 헐레벌떡 달려온 아빠는 내 몸에 손가락 하나 댈 수 없었다.

그럼에도 불구하고 아빠는 언제나 내 옆에 있어 주었다. 그러고는 "괜찮아" "아빠가 여기 있단다" "태의야, 아무것도 무서워할 것 없어"라고 속삭여 주었다. 처음에는 그런 아빠의 목소리가 하나도 들리지 않았다. 귓속에서 삑삑대는 경고음이 울리고 나면 바깥세상의 소리는 완벽하게 차단되는 탓이다.

몇 번이나 그런 일들이 반복되고 나니 차츰 아빠의 목소리가 들리기 시작했다. 시간이 지날수록 목소리는 점점 더 커졌다. 아빠는 모르겠지만.

"오늘은 우유가 없소?"

걸걸한 쇳소리가 나를 깨웠다. 정신을 차리니 나는 아직도 공원 벤치 앞에 서 있었다. 그제야 멍하니 딴생각에 빠져 있었다는 걸 깨달았다. 부랴부랴 노숙자 할아버지를 향해 꾸벅 허리를 숙였다. 그래야 반은 먹고 들어가기 때문이다.

주섬주섬 가방의 앞주머니를 열어 급식 때 받은 우유를 꺼냈다. 나는 흰 우유를 싫어한다. 달콤하지도 않고 자극적이지도 않은 그 밍밍한 맛이 싫었다. 그런데도 학교에서는 일주일에 세 번이나 급식으로 흰 우유가 나왔다.

나는 아빠에게 급식 업체와 학교 간의 뒷거래를 의심해 봐야 한다고 주장했지만, 아빠는 대수롭지 않게 웃으며 "성장기 아이들에게 우유만큼 좋은 건 없단다"라는 말로 넘어가곤 했다. 하지만 나의 의심은 아직 풀리지 않았다. 언젠가는 급식 업체와 학교의 우유 비리를 조사해 뉴스에 제보할 것이다.

기자가 인터뷰를 하러 오면 어떡하지? 나는 말을 못하는데.

골똘히 생각에 잠긴 채 할아버지에게 흰 우유를 건네주었다. 조금 더 정확하게 말하자면 할아버지와 손이 닿지 않도록 벤치 반대편 끄트머리에 슬쩍 올려 두었다.

"그럴 줄 알았네. 월, 수, 금요일이 급식으로 우유가 나오는 날이잖소."

내가 언제 우유가 나온다고 말한 적이 있었나?

나는 고개를 갸웃거렸다. 하지만 노숙자 할아버지는 내 의문 따위는 아랑곳하지 않고 우유를 한입에 꼴깍꼴깍 마셔 버렸다. 어차피 우유를 집에 가져가면 내가 마셔야 하기 때문에 할아버지가 나 대신 우유를 마셔 주는 게 좋았다.

노숙자 할아버지가 신경을 쓰든 말든 또 한 번 꾸벅 고개를 숙인 후 다시 집으로 향했다. 평소보다 조금 늦은 탓인지 공원을 지나자 골목 입구에 나와서 기다리고 있는 할머니가 보였다.

"아이고, 우리 강아지 이제 왔누?"

나는 강아지가 아니다. 강아지와 달리 두 발로 걷고, 사료 대신 밥을 먹으며, 전봇대가 아니라 화장실에서 볼일을 본다. 하지만 할머니는 항상 나를 강아지라고 불렀다. 그것이 너무 이상해서 아빠에게 '혹시 아빠가 개예요? 그래서 할머니가 나를 강아지라고 부르는 거예요?'라고 진지하게 물어본 적이 있었다.

눈물까지 흘려 가며 껄껄대던 아빠는 한참 후 웃음이 잦아들고 나서야 그것이 애칭이라고 설명해 주었다. 그러니까 할머니는 나를 귀여워하기 때문에 딱딱한 이름 대신 친근한 별명으로 부르는 것이다.

음, 내가 공원에서 만난 할아버지를 '노숙자 할아버지'라는 별명으로 부르기는 하지만 나는 그 할아버지를 귀여워하거나 친근하게 생각하지 않기 때문에 그건 애칭이 아니다. 그냥 별명이다.

"오늘도 학교 댕겨오느라 고생했쟈?"

나를 발견한 할머니가 절뚝절뚝 다리를 절며 다가왔다. 할머니는 관절염을 앓고 있다. 그래서 오래 걷지 못한다. 나는 할머니를 향해 꾸벅 고개를 숙였다. 다른 아이들 같으면 이럴 때 "다녀왔습니다"라고 하겠지만 나는 말을 하지 못하기 때문에 그냥 고개만 숙였다.

"이리 주거라, 할미가 들어 주마. 우리 강아지 어깨 부러질라."

할머니가 내 가방을 빼앗아 가듯 받아 들었다. 내 가방은 늘 무겁다. 나는 책을 학교 사물함이나 책상 안에 두고 다니는 걸 싫어한다. 나를 싫어하는 아이가 내 책에 코딱지를 묻힐 수도 있고, 지구를 정복하려는 악의 무리가 치명적인 바이러스를 묻히고 갈 수도 있지 않은가. 내가 없을 때 누가 내 책을 만지는 상상만 해도 팔뚝에 소름이 돋았다. 그래서 매일 밤, 다음 날 시간표를 확인하고 책가방을 싸는 게 나의 습관이었다.

할머니는 묵직한 가방을 받아 들고 "아이구" 하며 앓는 소리를 냈다. 나는 잠시 머뭇거렸다. 삐쩍 마른 할머니보다 튼튼한 내가 들고 가는 게 좋지 않을까, 하는 생각이 잠깐 들었지만 그냥 두기로 했다. 아빠가 다른 사람의 성의를 무시하는 것도 좋은 태도는 아니라고 했던 말이 떠오른 것이다. 나는 할머니의 친절을 받아들이기로 했다.

"에구구. 아이구, 허리야."

할머니가 가방을 들고 허리를 두드렸다. 나는 그런 할머니를 두고 곧장 집으로 들어갔다. 어젯밤 아빠가 신제품이라고 가져온 요거트아이스크림이 냉동실에서 나를 기다리고 있었다.

나는 책상에 앉아 있다. 하지만 공부를 하는 건 아니다. 내 앞에는 책도 펼쳐져 있지 않았다. 먼지 하나 없는 책상 위에는 휴대폰만 덩그러니 놓여 있었다. 휴대폰 시계가 막 8시 43분으로 바뀌었다.

가만히 귀를 기울였다. 방문 너머에서 웅웅거리는 텔레비전 소리가 들렸다. 잠시 숨을 죽였지만 할머니가 뒤척이는 소리는 들리지 않았다. 드라마를 보다가 잠이 든 게 분명했다.

살그머니 방문을 열어 보았다. 거실 텔레비전 앞에 누워 있는 할머니의 등이 보였다. 1분 동안 쳐다보았지만 할머니는 꼼짝도 하지 않았다. 나는 다시 방으로 들어와 서둘러 점퍼를 입었다. 그러고는 열두 살 생일 때 아빠가 사 준 쌍안경을 목에 걸었다.

사실 나는 밤중에 혼자서 집을 나가면 안 된다. 다른 아이들은 밤늦게 학원도 가고 친구 집에도 가는 모양이지만, 나는 해가 지면 혼자서는 외출할 수 없었다. 그것은 우리 집의 암묵적인 규칙이었다.

초등학교 1학년 때 학교에 가기 싫어서 한밤중에 몰래 가출한 적이 있는데, 신고를 받은 경찰이 나를 찾기 위해 온 동네를 수색하는 큰 소동이 벌어졌다. 그 당시에 반 아이들이 내게 삿대질을 하며 "바보" "벙어리" "머저리" 같은 말들을 쏘아붙여서 정말로 학교에 가기 싫었다.

놀이터에서 붙잡혀 온 나는—이사 간 지 얼마 되지 않아 아는 곳이라고는 학교와 놀이터, 두 곳뿐이었다—처음으로 아빠에게 혼이 났다. 할머니는 계속 울고 있었고 아빠는 "다들 얼마나 걱정한 줄 아느냐!" 하면서 무섭게 나를 꾸짖었다. 그 후로 밤중에 혼자 집을 나가는 것은 꿈도 꿀 수 없는 일이 되었다.

하지만 이건 아무도 모르는 비밀인데 나는 가끔 가슴이 답답할 때면 혼자 밤바람을 쐬러 나가곤 한다. 대신 밤 10시까지는 돌아와야 한다. 아빠가 야간 아르바이트생에게 업무를 넘겨주고 집에 오는 시간이 10시이기 때문이다.

할머니는 저녁 8시가 넘으면 꾸벅꾸벅 졸기 시작한다. 특히 드라마를 보면서 졸 때가 많다. 하루도 빼놓지 않고 드라마를 보지만 "아니, 저 둘이 도대체 무슨 관계여?" "아이고, 친엄마라는 걸 언제 알았대?" 하며 뒷북을 치기 일쑤다.

게다가 잠귀가 어두워 한번 잠들면 할머니 몰래 집을 나가는 것쯤은 식은 죽 먹기였다. 나의 밤 외출은 벌써 스물일곱 번이나 성공했다. 어쩌면 내게 스파이로서의 재능이 있는 건지도 모른다. 그렇다고 스파이가 되고 싶은 건 아니다.

나는 발뒤꿈치를 들고 앞발로 살금살금 거실을 가로질렀다. 그러고는 조심스럽게 현관문을 열고 문틈 사이로 살짝 빠져나갔다. 밤바람이 쌀쌀했지만 점퍼를 입어서 그리 춥지는 않았다. 어디로 갈까 고민하다가 곧장 내가 가장 좋아하는 곳으로 향했다. 그곳은 집에서 그리 멀지 않은 체육공원이다.

뒷동산에 있는 체육공원에는 여러 가지 운동기구가 있다. 그중에서 가장 인기가 많은 것은 '공중 걷기'도 '온몸 돌리기'도 아니다. 바로 커다란 소나무다. 아줌마들은 소나무에 등을 퍽퍽 치고 아저씨들은 소나무와 씨름을 한다.

방학이 되면 아빠를 따라 이곳에 운동을 하러 오는데 아침에는 아줌마와 아저씨로 번잡하여 우리는 늘 저녁 시간에 오곤 했다. 저녁에도 사람이 거의 없긴 하지만 밤이 되면 이곳은 그야말로 인적이 뚝 끊겼다. 체육공원에 스물일곱 번이나 오는 동안 딴사람을 만난 적이 단 한 번도 없었다.

나는 체육공원에서 아빠가 사 준 쌍안경으로 별을 관찰하는 걸 좋아한다. 물론 별을 제대로 관측하려면 천체망원경이 필요하다. 좋은 천체망원경은 100만 원이 넘는다. 200만 원이 넘는 것도 있다. 하지만 아빠는 이제 잘나가는 은행 직원이 아니고 동네의 작은 편의점 사장이다. 그래서 열두 살 생일날 아빠가 무얼 가지고 싶으냐고 물었을 때 나는 천체망원경 대신 쌍안경이라고 대답했다. 그래도 아빠가 사 준 쌍안경은 제법 비싸고 좋은 모델이라 나는 충분히 만족스러웠다. 그날로 쌍안경은 공룡 도감을 제치고 내 보물 1호가 되었다.

내 방에서 쌍안경으로 달을 보면 손톱보다 좀 더 크게 보인다. 별도 맨눈으로 보는 것보다 훨씬 선명하게 보였다. 그래도 이곳에서 달을 보는 게 더 좋았다. 이곳은 내 방보다 하늘에 더 가까웠고 그만큼 더 크게 보일 것 같은 느낌이 들었기 때문이다.

밤의 체육공원은 인적이 없어 사방이 고요했다. 나는 그 적막이 마음에 들었다. 텔레비전 소리도, 옆집 아줌마와 아저씨가 싸우는 소리도, 누군지 모를 사람이 서툴게 피리를 부는 소리도 들리지 않았다. 오직 내가 움직이는 소리만 들릴 뿐이다.

허억, 헉.

뒷동산이라고 해도 오르막길이기에 체육공원에 도착하자 숨이 가빴다. 나는 가로등이 거의 없는 어둠 속에서도 익숙하게 미끄럼틀 위로 올라갔다. 그곳이 체육공원에서 가장 높은 곳이기 때문이다.

체육공원 안에 왜 미끄럼틀이 있는지는 아직도 수수께끼다. 심지어 시소와 그네도 있다. 그래서 나는 이곳에 올 때마다 체육공원의 이름을 '체육공원과 놀이터'로 바꾸어야 하는 게 아닌가, 하는 생각을 한다. 내일은 잊지 않고 꼭 구청 홈페이지에 건의해 봐야겠다.

미끄럼틀 위는 마치 작은 다락방 같은 구조다. 사방이 나무로 막혀 있고, 계단과 미끄럼틀 그리고 천장에만 동그란 구멍이 뚫려 있다. 어떤 아이들은 미끄럼틀 위에 올라오면 울음을 터뜨리기도 한다. 아빠 말에 의하면 작고 어두컴컴한 공간이 무섭기 때문이란다.

나는 다른 아이들과는 달리 좁은 공간을 좋아한다. 오히려 넓은 곳에 있으면 마음이 안정되지 않는다. 끝이 보이지 않는 탁 트인 공간에 서면 나는 무엇을 해야 할지 알 수 없어지곤 했다.

그래서 정신 사납게 뱅글뱅글 맴을 돌거나 제자리에서 방방 뛰거나 혹은 손가락을 물어뜯는다. 빠르게 나를 스쳐 지나가는 사람들 속에서 그것 말고는 내가 할 수 있는 일이 없으니까.

미끄럼틀 위에 앉아 목에 걸고 있는 쌍안경으로 하늘을 올려다보았다. 달이 주먹보다 조금 작게 보였다. 쌍안경을 좌우로 움직이며 가을철의 별자리를 찾았다. 가을은 원래 다른 계절보다 별자리가 선명하지 않다. 게다가 요즘에는 미세먼지 때문에 또렷한 별자리를 찾는 일이 한층 더 어려워졌다.

내일은 우리나라의 미세먼지 대책에 대해서도 찾아봐야겠다고 생각하며 나는 쌍안경 너머를 뚫어져라 쳐다보았다.

저 멀리 사각형 모양의 별자리를 하나 찾았다. 페가수스자리로 페가수스의 몸통 부분에 해당하는 별자리다. 아무리 두 눈을 크게 떠도 페가수스의 머리와 꼬리는 보이지 않았다. 천체망원경으로는 보일까? 문득 의문이 들었지만 아빠는 이제 평범한 소시민이기에 더는 비싼 선물을 조를 수 없다.

어쩌면 스무 살 생일에는 받을 수 있지 않을까? 음, 아빠에게 물어봐야겠다. 올해부터 생일 선물을 받지 않을 테니 그걸 모아서 스무 살 생일에는 천체망원경을 사 줄 수 있느냐고 말이다. 이건 꽤나 괜찮은 거래일지도 모른다.

주머니 속에 있는 휴대폰을 꺼내 시간을 확인했다. 어느새 9시 40분이었다. 여기서 집까지 13분이 걸리니까 앞으로 7분은 더 하늘을 볼 수 있는 셈이었다. 기분이 좋았다.

그때 웅얼거리는 말소리가 들렸다. 점점 가까워지는 발소리도 들렸다. 나는 깜짝 놀라 몸을 웅크렸다. 예전에 나를 찾느라 경찰차 세 대가 우리 동네를 돌아다녔을 때 나를 발견한 것은 경찰이 아니었다. 놀이터에서 담배를 피우던 아저씨였다.

아저씨는 미끄럼틀 아래 내가 숨어 있는 것을 보고는 "헉, 귀신인 줄 알았네! 어린애가 한밤중에 왜 이런 데 있냐?"라며 나를 파출소로 데려가려 했다. 물론 그때도 나는 다른 사람이 내 몸에 손대는 것을 끔찍하게 싫어했기 때문에 팔다리를 휘두르며 난동을 부렸다. 깜짝 놀란 아저씨가 119에 전화를 했고, 연락을 받은 아빠는 병원 응급실에서 나를 발견했다.

나는 조금 무서워졌다. 내가 여기 있다는 사실을 누군가 알게되면 또다시 파출소로 데려가려 할지도 모르기 때문이다. 그럼 내가 몰래 나온 것을 아빠가 알게 될 것이고, 아빠는 두 번째로 화를 낼지도 모른다. 할머니도 그때처럼 엉엉 울 것이다. 그건 싫었다.

나는 조용히 숨을 죽였다. 내가 여기 있다는 사실을 들키고 싶지 않았다. 9시 47분이 되기 전에 가 줬으면 좋겠는데, 라는 바람이 간절했다. 9시 47분이 되어도 가지 않는다면 뛰어서 도망가야겠다는 생각도 했다. 어쨌든 10시 전에는 집에 도착해야 했으니까. 다행히 달리기에는 자신이 있다.

두 개의 그림자가 체육공원 입구 난간에 기대어 있었다. 아래가 절벽과 비슷한 비탈길이라 사람들이 떨어지지 않도록 허리까지 오는 철제 난간을 세워 둔 곳이다.

나는 저곳을 싫어한다. 오래된 난간은 당장이라도 넘어질 것처럼 헐거웠고 조금만 힘을 주어도 삐걱거리는 소리가 나곤 했다. 아빠는 늘 내게 "첫째도 안전, 둘째도 안전, 셋째도 안전!"이라고 했다. 그래서 나는 저 근처에는 얼씬도 하지 않는다.

"……않아? 어떻게 그럴 수가 있어?"

가로등 바로 아래에 선 여자가 화를 냈다. 긴 머리에 짧은 치마를 입은 여자다. 가로등에서 몇 발자국 떨어진 곳에 선 남자는 짧은 커트 머리에 검은 모자를 썼다. 검은 점퍼에 검은 바지를 입고 있어서 남자는 마치 여자의 그림자처럼 보이기도 했다.

치익.

남자가 담배에 불을 붙였다. 얼굴 근처가 잠깐 밝아졌지만 모자에 가려 자세히 보이지는 않았다. 빙글, 여자가 몸을 돌렸다. 난간에 등을 기대고 두 팔을 난간에 걸쳤다.

"두렵…… 그냥 넘어…… 것 같아?"

내가 있는 곳에서는 두 사람의 말소리가 선명하게 들리지가 않았다. 하지만 여자가 남자에게 화가 났다는 것만큼은 알 수 있었다. 어쩌면 두 사람은 할머니가 자주 보는 드라마의 주인공처럼 애인 사이일 수도 있다. 드라마 속 남녀는 늘 싸우고 화해하기를 반복하기 때문이다.

여자의 목소리가 점점 더 날카로워졌다. 그에 반해 남자는 여태껏 한마디도 하지 않았다. 나처럼 함묵증인 걸까?

"네 마음대로 해! 나도 다 말하겠어. 넌 이제 끝장이야!"

악을 쓰는 소리가 밤하늘을 찢을 듯 앙칼지게 울려 퍼졌다. 나는 황급히 귀를 틀어막았다.

나는 시끄러운 걸 싫어한다. 특히나 성인 여자가 화를 내는 목소리는 더욱 싫었다. 날카로운 고함 소리에 심장이 불규칙적으로 뛰기 시작했다. 달리기를 하지도 않았는데 점점 숨이 가빠졌다. 좋지 않은 기억이 떠오를 것 같았다.

나는 이 소름 끼치는 감각을 알고 있다. 이 다음에는 귓속에서 삐— 하는 이명이 들리고 바깥세계와 완전히 차단되는 느낌이 든

다. 그리고 마구 소리를 지르고 싶어지기도 하고, 벽에 머리를 박고 싶어지기도 하며, 손에 잡히는 모든 걸 던져 버리고 싶어지기도 한다. 아빠는 이것을 '전조 증상'이라고 불렀다. 그 증상이 느껴질 때는 꼭 아빠에게 말해 달라며 나와 새끼손가락을 걸고 약속했다.

나는 무의식적으로 시간을 확인했다. 휴대폰에는 '9:46'이라는 숫자가 떠 있었다. 나는 저 사람들이 1분 안에 이곳에서 떠나 주기를 바라며 두 사람을 향해 불안한 시선을 던졌다.

그런데 바로 그때였다.

"꺄아악!"

갑자기 여자의 비명 소리가 들렸다. 감고 있던 눈을 뜨자 어찌된 일인지 여자의 상체가 뒤로 넘어가고 있었다. 끼익, 철제 구조물이 비틀리는 소리가 귓속을 파고들었다. 난간이 반쯤 떨어져 덜렁거렸다.

균형을 잃고 비틀거리던 여자는 두 눈을 휘둥그렇게 뜬 채 허공을 향해 두 손을 허우적거렸다. 그러고는 남자를 바라보며 소리쳤다.

"도, 도와…… 도와줘!"

그 순간 남자가 한 손을 뻗더니 여자의 상체를 밀었다. 무게중심이 넘어간 듯 여자의 두 다리가 허공에 떴다. 겁에 질린 여자는 바닥을 디디려 다급하게 다리를 버둥거렸다. 그때 남자가 다시 한번 여자의 가슴을 아래로 밀었다. 이미 균형을 잃은 여자의 몸이 손쉽게 난간 밖으로 넘어갔다.

"살려 줘! 제발, 제발 살려…… 으아아악!"

털썩, 쿵.

묵직한 무언가가 바닥에 떨어지는 소리가 났다. 남자는 모자를 더욱 깊숙이 눌러쓰고는 난간 아래를 내려다보며 후, 하고 담배 연기를 뿜었다.

가슴이 두근두근 뛰었다. 갑자기 소변이 마려웠다. 나는 다시 시간을 확인했다. '9:47'이었다. 더 이상 늦으면 안 된다. 아빠보다 늦게 도착하면 아빠는 내가 몰래 빠져나간 것을 알게 될 것이다. 그러면 예전처럼 화를 낼 것이고 할머니는 또 서럽게 울 것이다. 그건 싫었다.

쿠당탕.

나는 자리에서 벌떡 일어났다. 그러고는 미끄럼틀 계단을 뛰어내려갔다. 쿵쾅쿵쾅, 내 발소리를 따라 나무가 흔들리며 요란한 소리가 났다.

갑작스러운 인기척에 깜짝 놀란 남자가 휙, 하고 몸을 돌렸다. 모자를 깊숙이 눌러쓴 얼굴이 어쩐지 당혹스러운 듯 느껴졌다. 그러나 확신할 수는 없었다. 그림자가 짙게 진 탓에 남자의 얼굴이 보이지 않았고, 나는 다른 사람의 감정을 잘 알아차리지 못하기 때문이다. 체육공원을 나가려면 남자가 있는 곳을 지나야 했다. 나는 그곳을 향해 아주 빠르게 뛰었다. 내 발소리가 귓가에 메아리쳤다.

남자가 아주 낮게 욕설을 중얼거리는 것 같았다. 너무 작은 소리라 확신할 수는 없었지만. 픽, 담배를 던져 버린 남자가 나를 향해 몸을 틀었다. 그러고는 나를 붙잡으려는 듯 두 손을 쑥 뻗었다.

몇 번이나 얘기했지만 나는 다른 사람이 내 몸을 건드리는 걸 아주 싫어한다. 특히나 모르는 사람이라면 더욱 끔찍했다. 나는 남자를 처음 봤고 우리 사이에는 친분이 아예 없다. 그러니 남자의 인사를 모르는 척해도 괜찮을 것 같았다.

하지만 남자의 손이 체육공원 밖으로 뛰쳐나가는 내 팔을 붙들었다. 잡힌 팔을 거칠게 흔들었지만 억센 손은 떨어지지 않았다. 남자에게서 담배 냄새가 확 풍겨 왔다. 그와 동시에 달콤한 향수 냄새와 알 수 없는 독한 냄새도.

무심코 고개를 들었다. 그러나 가로등을 등진 남자의 얼굴은 여전히 알아볼 수 없었다. 나는 온몸을 바동거렸다. 남자의 손바닥이 내 얼굴을 스쳤다. 건조하고 까칠한 감각에 소름이 돋았다.

남자는 내 목을 움켜쥐려 했다. 나는 목에 걸고 있던 쌍안경을 벗어 세게 휘둘렀다. 픽, 소리와 함께 남자가 신음을 흘렸다. 그 순간 그의 손이 내게서 떨어졌다. 나는 남자를 향해 쌍안경을 냅다 집어 던졌다.

빠각.

"윽!"

남자가 또다시 낮은 신음을 흘리며 몸을 웅크렸다. 아빠가 사준 쌍안경이 제법 무거워서 다행이었다. 가끔 침대에 누워 쌍안경으로 천장을 관찰하다 실수로 떨어뜨릴 때가 있는데, 쌍안경이 얼굴을 때리면 진짜 눈물이 나도록 엄청 아팠다. 남자도 그 정도로 아픈 모양이었다.

남자가 주춤한 틈을 놓치지 않고 나는 재빨리 반대 방향으로 뛰었다. 아빠보다 빨리 집에 도착해야만 했다. 지금 나에게 그것보다 중요한 일은 없었다.

방에 도착하고 나서야 나는 헉헉거리며 가쁜 숨을 몰아쉬었다. 할머니는 거실에서 텔레비전을 켜 놓고 주무시는 중이었다. 삐걱하고 대문 열리는 소리가 들렸다. 아빠가 돌아오는 것이다.

나는 얼른 침대 안으로 뛰어 들어갔다. 그러고는 이불을 머리끝까지 뒤집어썼다. 심장이 벌렁벌렁 뛰었다. 귀를 쫑긋 세웠다. 현관문이 열리는 소리와 아빠의 발소리가 들리더니 이윽고 조심스럽게 방문이 열렸다.

"태의야, 자니?"

나는 아빠의 말에 아무런 대답을 하지 않았다. 원래 말을 할 수 없기는 하지만 평소라면 이불 밖으로 고개를 내밀어 알은척을 했을 것이다. 그러면 아빠는 침대 곁에 앉아서 오늘 무슨 일이 있었는지, 어떤 손님이 왔는지 나에게 이야기할 테고, 나는 자장가 같은 아빠의 목소리를 들으며 꿈속으로 빠져들 터였다. 그것이 우리의 일과였다.

그러나 나는 이불 안에서 눈만 깜빡이고 있었다. 숨도 크게 쉬지 않고 어깨도 들썩이지 않았다. 잠시 기척을 살피던 아빠가 조용히 방문을 닫았다. 그 사이로 "좋은 꿈 꾸렴" 하는 인사가 날아왔다.

들키지 않았다!

벌렁거리던 심장이 그제야 조금씩 안정을 되찾기 시작했다. 나는 이불 밖으로 코만 빼꼼 내밀었다. 숨을 쉴 수 없어서 답답했던 탓이다. 커다랗게 숨을 들이마셨다가 다시 내쉬었다. 비로소 숨통이 트였다.

휴우, 다행이야.

그러고 나자 문득 조금 전에 있었던 일이 생각났다. 화를 내던 여자, 그 여자를 난간 너머로 밀어 버린 남자, 나를 붙잡은 손과 이것저것 뒤섞인 냄새, 거칠고 섬뜩한 손의 감촉.

나는 그것을 알고 있었다. 아빠와 함께 보던 범죄드라마에 자주 등장하는 내용이다. 그러니까 나는 남자가 여자를 살해하는 현장을 목격한 것이다!

어쩌지?

그 뒤의 내용은 뻔했다. 살인범은 목격자를 찾아다닌다. 자신의 살인을 감추기 위해 목격자를 죽여야 하기 때문이다. 나는 범인의 얼굴을 제대로 보지 못했다. 어두운 밤이었고 범인이 모자를 깊숙이 눌러써서 어떻게 생겼는지 전혀 알지 못한다.

드라마 공식에 따르면 범인은 반드시 목격자를 찾아온다. 나를 어떻게 찾아온다는 거지? 내가 범인을 모르는 것처럼 범인 역시 나를 모를 텐데.

혹시 얼굴을 봤다고 해도 나를 찾는 건 무척이나 어려운 일이다. 우리 학교만 해도 2학년 학생이 186명인 데다 전교생은 549명이다. 중학교 입학식 날, 아빠도 강당에 모인 아이들 속에서 나를 찾지 못해 헤맸던 적이 있다. 그 바람에 나는 한자리에 우두커니 선 채 아빠가 올 때까지 기다려야 했다.

"교복을 입고 있으니 다들 똑같이 생겼구나."

한참 후에야 나를 찾은 아빠가 머리를 긁적이며 그렇게 말했다.

국어 선생님은 그런 걸 두고 '서울에서 김 서방 찾기'라 한다고 알려 주었다. 물론 나는 김 서방이 아니다. 서방은 결혼한 남자를 부를 때 사용하는 말인데, 나는 아직 결혼을 하지 않았고 김씨가 아니라 이씨이기 때문이다. 만약 내가 결혼을 한다면 서울에서 이 서방 찾기가 될 것이다.

앗!

나는 침대에서 벌떡 일어나고 말았다. 그제야 내 보물 1호인 쌍안경을 범인에게 던지고 왔다는 사실이 떠올랐다. 갑자기 가슴이 답답해져서 나는 방 안을 뱅글뱅글 맴돌기 시작했다. 내가 제일 좋아하는 쌍안경을 잃어버렸다는 사실에 못 견디게 슬퍼졌다. 스무 살 생일 때까지는 쌍안경으로 버티려고 했는데 이제는 그것도 할 수 없는 처지가 됐다. 회전목마처럼 방 안을 빙글빙글 돌던 나는 그 순간 불현듯 떠오른 생각에 또 한 번 우뚝 멈춰 서고 말았다.

쌍안경에는 내 이름이 적혀 있었다!

나는 내 물건에 이름을 적어 놓는 버릇이 있다. 이름을 적는다는 것은 그것이 누구의 소유인지 밝히는 것이고, 대부분의 사람들은 다른 사람의 물건에 함부로 손을 대지 않는다.

그래서 나는 책과 공책은 물론 책가방과 샤프 심지어는 팬티에도 이름을 써 놓았다. 가끔 내 팬티가 사라져서 찾다 보면 아빠 서랍에 들어가 있는 경우가 있었기 때문이다. 팬티에 이름을 써 놓는 것은 내 팬티에 손대지 말라는 일종의 경고다.

당연히 쌍안경에도 '이태의'라는 이름을 적어 두었다. 나는 갑자기 무서워지기 시작했다. 내일 아침 학교에 가면 범인이 내 자리에 앉아서 나를 기다리고 있을 것 같았다. 그러고는 씩 웃으며 나를 그 여자처럼 창문 밖으로 던져 버릴 것만 같았다.

나는 죽기 싫다.

우리 학교에 '이태의'라는 이름을 가진 사람이 얼마나 될까? 나는 아직까지 나와 이름이 똑같은 학생을 만난 적이 없다. 어쩌면 동명이인이 있을지도 모르지만 그래 봤자 한두 명 정도가 아닐까? 두세 명 중에서 나를 찾는 건 식은 죽 먹기일 것이다.

하지만 범인은 내가 다니는 학교를 모른다. 나는 아까 교복이 아니라 청바지를 입고 있었고, 쌍안경에도 내 이름만 있을 뿐 학교 이름은 적혀 있지 않았다. 그건 열두 살 생일 때 받은 선물이라 그랬다. 그땐 내가 무슨 중학교에 다니게 될지 알 수 없었다.

범인이 내 나이를 얼마나 정확하게 짐작할까? 설마 중학생이라는 것까지 눈치챘을까? 근처에는 중학교가 무려 세 개나 있다. 우리 집은 단독주택이지만 옆 동네에는 커다란 아파트 단지가 여러 개 있기 때문이다. 등교 시간이 되면 검정색 교복과 회색 교복을 입은 아이들이 마치 까마귀 떼처럼 줄을 지어 간다.

범인이 나를 찾기 전에 경찰이 먼저 범인을 잡으면 좋을 텐데. 그러면 마음을 놓을 수 있을 것 같았다. 경찰은 언제 수사를 시작할까? 살인범을 잡는 데 얼마나 오래 걸릴까? 혹시 목격자의 진술이 필요할까? 내가 경찰에 목격한 사실을 말하면 범인도 내가 누군지 알게 되는 게 아닐까? 원래 경찰 내부에는 공범이 있기 마련이니까.

나는 그렇게 이런저런 생각을 하느라 밤늦게까지 잠을 이룰 수가 없었다.

노숙자 할아버지

아침 8시 19분. 교복을 챙겨 입고 텔레비전을 봤다. 혹시 살인 사건에 대한 뉴스나 범인이 잡혔다는 소식을 들을 수 있을지도 모른다는 기대감 때문이었다. 하지만 이 시간에는 뉴스가 방송되지 않는다. 아침드라마나 다큐멘터리, 토크쇼 같은 것만 나오고 있었다. 다른 채널로 돌려 봐도 마찬가지였다.

이래서는 경찰이 범인을 체포하기 전에 범인이 나를 먼저 찾게 될 거야!

"8시 30분이구나. 이제 출발할까?"

아빠가 현관문 앞에 서서 나를 불렀다. 나는 마지못해 자리에서 일어나 할머니에게 꾸벅 인사한 뒤 집을 나섰다.

학교에 가고 싶지 않았다. 교문 앞에서 나를 기다리는 범인과 마주치기라도 하면 어쩐단 말인가. 그럼 나는 독 안에 든 쥐 신세가 될 것이다. 아빠에게 이야기하고 도움을 구해 볼까 생각했지만 그랬다가는 몰래 밤 외출을 한 것까지 말해야 했다. 그럼 아빠는 화를 낼지도 모른다. 그래서 아빠에게는 말할 수가 없었다.

"오늘은 기분이 별로인가 보구나. 우리 태의가 기운이 없네?"

무심코 내 등을 두드리려던 아빠가 멈칫하고 그대로 굳었다. 허락하지 않았는데 몸에 손을 대면 내가 싫어하리라는 생각을 하고 있을 것이다. "아하하." 어색하게 웃은 아빠가 슬그머니 손을 내렸다.

"우리 태의, 망고아이스크림 좋아하지? 아빠가 오늘 퇴근할 때 챙겨 올게. 그러니까 학교 잘 다녀오너라."

우울할 때 망고아이스크림을 먹으면 금세 기분이 좋아지긴 했다. 달콤한 맛과 노란 색깔, 차가운 감촉은 내 기분을 몽글몽글하게 만들었다. 그러나 지금은 아무리 망고아이스크림이라 해도 나의 마음을 달래 주지 못할 것이다. 나는 범인이 기다리고 있을까 봐 무서웠다.

"우리 아들, 오늘도 좋은 하루."

교문 앞까지 나를 데려다준 아빠가 얼른 들어가라는 듯 손을 흔들었다. 중학교 2학년 학생 중에 아빠가 학교까지 데려다주는 아이는 나 말고는 없었다. 가끔 부모님의 차를 타고 오는 아이는 있었지만 나처럼 매일같이 아빠와 등교하는 아이는 없다는 뜻이다.

나는 2학년 3반이다. 대부분의 수업은 교실에서 듣는데 국어 수업은 '한마음교실'이라 불리는 특수학급에서 받는다. 이곳에 모인 아이들은 평소 각기 다른 반에 흩어져 있다가 국어와 수학 수업을 할 때만 모인다.

처음에는 나도 한마음교실에서 국어와 수학 수업을 받았다. 그런데 어느 날, 특수반 선생님과 담임선생님, 수학 선생님이 의논을 한 끝에 수학은 원래 교실에서 받도록 바뀌었다. 그 소식을 들은 아빠는 무척이나 기뻐하며 "아빠를 닮아서 수학을 잘하는구나. 국어 수업도 곧 같은 반 친구들과 함께 받을 수 있을 거란다" 하고 이야기했다.

나는 수학을 좋아한다. 수학은 답이 정해져 있기 때문이다. 푸는 방법만 알면 정답을 얻는 게 그리 어려운 일은 아니다. 수학 문제를 풀 때는 다른 생각이 떠오르지 않기 때문에 생각이 많은 날에는 일부러 수학 문제를 풀기도 한다.

반대로 국어는 싫어한다. 국어는 내가 모르는 것투성이다. 작가의 의도나 주인공의 심리 같은 건 아무리 생각해도 알 수 없다. 내가 그들이 아닌 이상 모르는 게 당연하다. 어떨 때는 내 마음도 잘 모르겠는데 남의 마음까지 어떻게 알 수 있을까.

특수반 아이들도 부모님과 함께 등교하지는 않는다. 걔네들은 스쿨버스를 타고 학교에 온다. 스쿨버스라고 하면 커다란 버스를 생각하기 쉽지만 사실은 승합차를 노랗게 칠한 것뿐이다. 스쿨버스가 아니라 스쿨승합차라는 말이 더 정확하다. 그런데 왜 스쿨버스라고 부르는 걸까? 음, 이 문제도 학교에 건의해 봐야겠다.

처음에는 담임선생님이 내게도 스쿨버스를 타고 등교하도록 안내문을 주었다. 하지만 아빠는 선생님에게 나를 학교까지 직접 데려다주겠다고 선언했다. 하교는 혼자 할 수 있도록 아빠와 한 달 동안이나 연습했다.

교문을 나서서 똑바로 가다가 문구점이 보이면 오른쪽으로 돈다. 그리고 아이스크림집 앞에서 다시 왼쪽으로 돈다. 절대 아이스크림에 정신을 빼앗기면 안 된다. 아무리 신상품 포스터가 붙어 있어도 돌아봐서는 안 된다. 매번 아이스크림집 앞에 멈춰 서는 나에게 아빠가 서른한 번이나 했던 말이다. 그리고 나면 작은 공원이 나오는데 그 공원을 지난 후 세 번째 골목, 두 번째 집이 우리 집이다. 이제는 눈을 감고도 찾아갈 수 있을 만큼 익숙해진 길이다.

나는 힐긋힐긋 교문 앞을 쳐다보았다. 다행히 교복을 입은 아이들만 보일 뿐 모자를 눌러쓴 남자는 없었다. 범인은 아직 나를 찾지 못한 게 분명했다. 빨리 경찰이 범인을 잡아 주었으면 좋겠다.

"좋은 하루 보내렴."

내가 교문 안으로 들어갈 때까지 계속 손을 흔들고 있는 아빠에게 대충 고개를 끄덕여 보이고는 어깨를 축 늘어뜨린 채 교실로 향했다.

오늘은 하루 종일 수업이 머릿속에 들어오지 않았다. 아무리 수학 문제를 풀어도 잡념이 사라지지 않았다. 범인이 잡혔는지 궁금해 휴대폰으로 기사를 검색해 보다가 뜻밖의 사실을 알게 되었기 때문이다.

체육공원 아래에서 20대 여성의 시체가 발견됐다. 피해자의 시신에서는 다량의 알코올이 검출되었으며, 체육공원 입구의 난간이 부서져 있었다. 경찰은 사체에 별다른 특이점이 없어 술에 취한 여성이 노후된 난간으로 인해 실족사한 것으로 보고 여성의 신원을 밝히는 등 수사를 이어가고 있다.

경찰은 어제 살해당한 여자를 사고사로 판단했다. 그렇다면 여자를 죽인 살인범이 있다는 사실은 아예 모를 것이다. 살인범이 나를 죽이려고 한다는 사실은 더더욱 모를 것이다. 이제 나를 지켜 줄 사람은 아무도 없다!

국어 선생님은 이럴 때 '하늘이 무너지는 기분'이라 표현한다고 가르쳐 줬다. 정말로 하늘이 무너졌다는 게 아니라 살아날 가망이 보이지 않을 만큼 절망감이 크다는 뜻이다.

"이제 집에 가는 게냐? 오늘은 우유가 아니지?"

두 번째 벤치에 앉아 있는 노숙자 할아버지가 어김없이 알은척을 했다. 찡긋, 눈을 깜빡이며 다 알고 있다는 듯 반말을 한다. 아마도 나와 조금 친해졌다고 생각하는 모양이다. 반말은 친근감의 표현이니까.

나는 할아버지를 향해 고개를 꾸벅 숙여 보였다. 그러고는 가방 앞주머니에서 요거트를 꺼내 벤치 위에 올려놓았다. 할아버지가 주름진 얼굴을 찌푸리며 고개를 기울였다.

"이건 네가 좋아하는 것이잖으냐."

나는 신중하게 고개를 끄덕였다. 딸기가 들어간 요거트는 내가 세상에서 여덟 번째로 좋아하는 음식이다. 급식으로 딸기요거트가 나오는 날에는 밥보다 먼저 요거트를 먹는다. 그런데 오늘은 별로 먹고 싶지 않았다. 나는 곧 살인범에게 발각되어 죽을지도 모른다. 죽은 뒤에는 아마 평생 요거트를 먹지 못하겠지.

"나는 요구르트는 별로 안 좋아한단다. 네가 먹지 않으련?"

할아버지가 나의 성의를 거절하며 절레절레 손을 흔들었다. 나는 요거트를 다시 가방 안에 집어넣었다. 할머니에게 줘야겠다.

할아버지가 먼 산을 바라보며 혼잣말처럼 중얼거렸다.

"이상하게 요구르트만 먹으면 화장실에 가지 무어냐. 일부러 안 마셔 버릇하던 게 이제는 취향이 되어 버렸구나. 옛날에 잠복 근무할 때는 어디 제대로 된 화장실이 있었어야 말이지. 사흘 밤 낮을 차 안에서 지내기도 했단다. 급할 때는 페트병에다 소변을 보기도 했는데, 하하…… 쿨럭쿨럭.

그래서 배가 아플까 봐 일부러 요구르트는 먹지 않았단다. 갑자기 화장실에 가고 싶다고 해도 교대해 줄 사람이 없으니까 말이다. 그런데 희한하게 우유는 괜찮지 무어냐. 삼시 세끼 빵과 우유만 먹었던 날도 부지기수였지. 그때는 질려서 더 이상 먹고 싶지 않더니 요즘에는 며칠만 안 먹으면 우유 생각이 난단다. 이래서 습관이 무서운 모양이야."

나는 할아버지의 말에 깜짝 놀랐다. '잠복근무'라는 말이 유독 선명하게 뇌리에 꽂혔다.

할아버지는 형사였어요?

나는 곧장 휴대폰을 꺼내 문자를 토도독 찍었다. 그러고는 할아버지에게 내밀었다. 노안이 있는 듯 휴대폰 화면을 멀찍이 떨어뜨려서 보던 할아버지가 쓸쓸하게 웃었다.

"형사였지. 그때는 세상에 나쁜 놈들은 내가 다 때려잡는 줄 알았는데 말이다. 쿨럭쿨럭. 아이고, 이놈의 기침이 도통 떨어질 생각을 않는구나……."

나는 할아버지의 말이 무척이나 의외였다. 아빠와 함께 봤던 범죄드라마에 나오는 형사는 마치 범인처럼 우락부락하게 생겼다. 얼굴도 험상궂고 목소리도 커서 나를 깜짝깜짝 놀라게 했다. 그런데 할아버지는 전혀 형사처럼 생기지 않았다. 오히려 우리 학교의 교장 선생님과 비슷하게 생겼다.

"내가 무척이나 잘난 줄 알고 말이다, 쓸데없는 정의감에 불타서 가정에는 신경도 안 쓰고 일에만 미쳐 살았단다. 결국은 견디다 못한 아내와 자식이 도망을 가 버렸지. 일흔이 가까운 노인네한테 남은 거라곤 빛바랜 영광과 늙은 몸뚱이뿐이구나. 쿨럭."

나쁜 놈들도 많이 잡았어요?

"나쁜 놈 말이냐?"

할아버지의 말투는 어느새 편안해져 있었다. 매일같이 아무 말도 없이 인사만 꾸벅하고 혹은 우유 하나만 건네주고 쌩하니 사라지던 내가 할아버지의 과거에 관심을 보이자 의아해하면서도 즐거운 얼굴이었다.

"잡았지, 잡았고말고. 셀 수 없이 많이 잡았단다. 이래 보여도 내가 왕년에는 말이다, 경찰청장이 주는 표창까지 받은 몸이란다……. 그래, 내게도 그런 시절이 있었구나."

그럼 살인범도 잡은 적이 있나요?

"물론이지. 어디 살인범뿐이겠느냐. 그 유명한 '검은 우비 연쇄살인사건'의 범인을 잡은 것도 나란다. 그 공로를 인정받아서 경감으로 특진까지 했는데 학생도 알……. 설마 그 유명한 사건을 모르는 게냐?"

나는 고개를 절레절레 저었다. 노숙자, 아니 형사 할아버지가 믿을 수 없다는 듯 주름진 눈매를 찌푸렸다.

"아직도 그 일이 생생하구나. 27년 전, 비 오는 날마다 검은색 우비를 입고, 길 가는 여자를 납치해 끔찍한 수법으로 살해한 연쇄살인사건이란다. 그 전으로도, 그 후로도 이보다 흉악한 범죄는 보질 못했지."

저는 열다섯 살이에요.

"어이쿠, 그런가? 그럼 모를 만도 하구나. 그래, 그때 대한민국
이 떠들썩했는데 학생은 태어나기도 전이네. 하긴 그 당시 내 아
들이 막 초등학교에 들어갔으니……. 그 아이가 올해 서른다섯이
로구나."

할아버지가 멍한 시선을 다시 길 건너편으로 던졌다. 딴생각에
잠긴 사람처럼 씁쓸한 표정으로 허공을 바라보던 할아버지가 "어
디 보자, 그게 그러니까" 하며 말을 이었다.

"첫 살인을 저지르고 1년 9개월 만에 붙잡혔는데, 그사이에 아
홉 명이나 죽인 극악무도한 살인범이었단다. 내 평생 가장 잘한
일 중 하나가 그놈을 잡아 감옥에 넣은 거다. 그건 자신 있게 말할
수 있지."

그 순간 나의 머릿속에 아주 좋은 생각 하나가 스쳐 지나갔다.
살인범이 나를 찾기 전에 내가 먼저 잡아서 경찰에 신고하면 되
잖아!

나는 할아버지가 앉은 벤치의 반대쪽 끄트머리에 슬그머니 엉
덩이를 걸치고 앉았다. 할아버지가 의아해하는 시선을 던졌다.

살인범을 잡기 위해서는 어떻게 해야 하나요?

"요즘 학생들은 다들 이렇게 타자를 빨리 치는 게냐? 나는 아무
리 연습해도 안 되던데. 그것 참 대단하구나."

할아버지가 부러운 눈으로 나를 봤다. 나는 우쭐해져 '더 빨리 칠 수도 있어요'라는 말을 아주 빨리 쳐서 쳐서 보여 주었다. 할아버지가 "호오" 하며 감탄했다.

"살인범을 체포하기 위해서는 어떻게 해야 하느냐고 물었지. 어디 보자, 해야 할 일은 수도 없이 많지만⋯⋯. 그래, 가장 먼저 그놈이 어떤 놈인지 알아내야 하지."

어떻게요?

할아버지는 자못 신이 난 듯 보였다. 목소리가 커지며 표정에 점점 생기가 돌았다.

"단서를 찾아야 한단다. 세상에 완전범죄란 건 없거든. 범인을 잡는 데에만 혈안이 되어 있다 보면 정작 중요한 단서를 놓치고 만단다. 분명 눈앞에 떡하니 단서가 떨어져 있는데도 그걸 못 본단 말이지.

그러니 신중하게 사건을 살펴봐야 한다. 범인이 흘리고 간 단서가 무엇인지 생각해 보는 것, 그걸 가장 먼저 해야 하지. 그래야 범인이 어떤 놈인지, 치밀한 놈인지, 다혈질인지, 살인을 즐기는지, 아니면 체포되는 걸 두려워하는지 혹은 그놈의 영역은 어디인지, 그런 것들을 알 수 있단다.

'범인은 반드시 현장에 다시 돌아온다'라는 말도 있지 않으냐. 그러니 수사는 항상 현장에서 시작해야 한단다. 모든 답은 현장에 있거든."

나는 할아버지의 말을 하나라도 놓치지 않으려고 귀를 쫑긋 세웠다.

"내가 검은 우비 연쇄살인범을 잡은 이야기 해 주랴?"

할아버지의 물음에 나는 잠깐 고민하다가 천천히 고개를 끄덕였다. 이야기를 듣다 보면 내가 잡아야 할 살인범에 대한 힌트를 얻을 수 있을지도 모르기 때문이다.

"내가 처음부터 검은 우비 연쇄살인사건 팀에 합류했던 건 아니란다. 다섯 번째 살인이 일어났는데도 경찰은 범인을 특정하지 못했지. 그러니 뉴스와 신문에서 가만히 있었겠느냐. 매일같이 무능한 경찰이다, 공권력의 추락이다, 하면서 욕을 해 댔지.

피해자 가족들은 경찰서 앞에서 시위하지, 사건은 여전히 오리무중이지, 그래서 궁지에 몰린 경찰이 그놈을 잡기 위해 대대적으로 인력을 늘리는 바람에 나도 그 팀에 합류하게 되었단다. 그런데 팀에 들어간 뒤에 가만히 살펴보니까 말이다."

할아버지의 눈이 날카롭게 반짝였다. 마치 베테랑 형사처럼 예리하고 강인하게. 그 모습에 가슴이 두근거렸다. 슈퍼 히어로를 눈앞에서 보는 것 같았다.

"두 번째와 세 번째 그리고 다섯 번째 피해자의 손목을 묶은 매듭이 눈에 띄지 무어냐. 그게 주로 낚싯줄을 묶을 때 쓰는 매듭인데, 우리 부친께서 말도 못 하는 낚시광이었거든. 어릴 때부터 질리도록 보고 자란 걸 잘못 볼 리가 있겠느냐? 그래서 내가 팀 회

의에서 매듭에 주목하자고 말했는데.”

할아버지의 흰 눈썹이 꿈틀거렸고 미간에 깊은 주름이 생겼다.

“먹물깨나 먹은 윗분들이 어디 들어줘야 말이지. 그때 막 대학생이 범인이니 뭐니 하는 말이 나올 때였으니 내 말은 씨알도 안 먹혔단다. 그렇다고 ‘예, 알겠습니다’ 하고 물러날 수야 있겠느냐. 내 별명이 한번 물면 절대 놓치지 않는 미친개, 도사견이었는데 말이야. 그래서 나 혼자서 대한민국 낚시터란 낚시터는 죄다 뒤지고 돌아다녔지.

아마 몇 달은 족히 걸렸던 걸로 기억한다. 그사이에도 네 명의 피해자가 더 발생했지. 허구한 날 허탕만 치니까 동료들은 그럴 줄 알았다며 비웃지, 상사들은 잡으라는 범인은 안 잡고 허튼짓만 한다고 압박을 해 대지, 점점 자신이 없어지더구나.”

할아버지의 목소리가 조금 낮아졌다.

“그날…… 아직도 어제 일처럼 생생하게 기억한다. 장맛비가 쏟아지던 날이었지. 차로 두 시간 걸리는 지방의 저수지 낚시터로 향하고 있었단다. 이번에도 허탕을 치면 진짜 포기해야겠다 생각하면서 우악스럽게 쏟아지는 빗속에서 차를 몰았지.

그런데 하필이면 그 낚시터가 문을 닫았지 무어냐. 빗길에 두 시간이나 운전해서 왔는데 그냥 돌아가기는 어쩐지 아깝더라고. 게다가 말로 설명할 수는 없는데 왠지 등골이 싸한 게 느낌이 안 좋더란 말이지. 그럴 때는 촉을 믿어야 한단다. 촉이라는 게 비과

학적인 것으로 치부되기 쉬운데 실은 수많은 경험이 축적된 결과 거든.

낚시터 문을 가만히 열고 들어갔더니 먼지가 뿌옇게 쌓인 게 오랫동안 영업을 하지 않은 것 같더구나. 가게 안에는 아무도 없었지. 이번에도 허탕인가 싶었단다. 그때 어디선가 여자 비명 소리가 들렸다."

일순간 등골이 오싹했다. 나는 어느새 할아버지의 이야기에 푹 빠져 있었다. 무서워서 소변이 마려웠다. 투둑투둑, 빗소리가 들리는 것 같기도 했다.

"가만히 귀를 기울여 보니 낚시터 가운데에 있는 가건물, 낚시꾼들이 잠깐 쉴 수 있도록 만들어 놓은 컨테이너 쪽에서 비명이 들리더란 말이지. 그래서 내가 쏜살같이 뛰어가지 않았겠느냐.

아니나 다를까 문이 잠겨 있더구나. 옆에 있던 돌로 문을 부수고 들어갔더니, 내 평생 그렇게 참혹한 광경은 처음 봤다. 사방에 새빨간 피가…… 이런."

할아버지가 하얗게 질린 내 얼굴을 보더니 낮게 혀를 찼다. 그러고는 "덤벼드는 범인과 엎치락뒤치락하던 끝에 그놈을 잡았단다. 갈비뼈가 부러지는 부상을 입었지만 영광의 상처였지"라는 말로 서둘러 이야기를 마무리했다.

그제야 나는 제정신으로 돌아올 수 있었다. 할아버지가 해 준 말을 잊어버리기 전에 휴대폰 메모장을 열어 '범인은 반드시 현장에 다시 돌아온다. 단서를 찾아라. 촉을 믿어라. 모든 답은 현장에 있다'라는 말을 적었다.

나는 자리에서 일어나 할아버지에게 꾸벅 인사하고는 공원을 빠져나갔다. 골목 어귀에서 기다리던 할머니가 "아이구, 내 강아지. 오늘은 왜 이리 늦었누?"하며 반겼고, 나는 할머니에게 가방을 맡긴 후 곧장 방으로 뛰어 들어갔다.

범인의 단서

노트에 두 단어를 쓴 후, 뚫어지게 쳐다보았다. 그렇다고 정말로 종이가 뚫렸다는 건 아니다. 빤히 응시했다는 것을 강조하기 위해 사용한 말이다.

나는 형사 할아버지의 말처럼 침착하게 그날 밤 있었던 일을 떠올려 보았다. 페가수스자리와 고요한 적막, 희미한 가로등 불빛이 눈앞에 있는 것처럼 생생하게 되살아났다.

남자와 여자가 함께 체육공원으로 들어왔고, 여자가 남자에게 일방적으로 화를 냈다. 난간에 등을 기댄 여자가 균형을 잃고 뒤로 넘어갔으며, 남자는 도와 달라고 소리치는 여자를 아래로 확 밀어 버렸다.

그리고 나자 마치 형사가 된 것 같았다. 어쩌면 내 눈빛도 베테랑 형사와 같이 날카롭게 빛나고 있는지도 모른다. 나는 벽에 걸린 거울에 힐긋 시선을 던졌다. 하지만 그곳에 있는 것은 작고 하얀 중학생 소년이었다. 실망스러웠다. 시무룩하게 어깨를 늘어뜨리던 그때, 어떤 단어 하나가 뇌리를 스치고 지나갔다.

탐정!

탐정도 형사처럼 범인을 잡는다. 명석한 두뇌와 날카로운 추리로 범인을 추적하기 때문에 굳이 우락부락하거나 싸움을 잘할 필요는 없다. 그렇게 생각하니 거울 속의 하얀 소년이 탐정처럼 보이는 것 같기도 했다. 나는 탐정이 되어 남자에 대한 모든 것을 떠올리려고 노력했다. 그리고 하나둘 생각나는 것을 노트에 적기 시작했다.

검은색 모자를 썼음.

담배를 피웠음.

두 가지를 적고 나자 더 이상 쓸 게 없었다. 그제야 범인에 대해 아는 게 아무것도 없다는 사실이 실감 났다. 범인을 길에서 마주쳐도 알아볼 자신이 없었다.

이래서 어떻게 범인을 잡지?

그 순간 형사 할아버지가 했던 말이 생각났다. 나는 휴대폰 메모장을 열어 거기에 적혀 있는 문장을 노트에 옮겨 적었다.

범인은 반드시 현장에 다시 돌아온다.

단서를 찾아라.

촉을 믿어라.

모든 답은 현장에 있다.

형사 할아버지는 연쇄살인범도 잡았다고 했다. 나는 이 네 문장에 동그라미를 치고 별표를 했다. 사람들은 중요한 것을 표시할 때면 대체로 별 모양을 그린다. 아무도 얘기해 주지 않았지만 그건 아마도 밤하늘의 별이 반짝반짝 빛나서 사람들 눈에 잘 띄기 때문일 것이다. 물론 지금은 미세먼지 때문에 잘 안 보이긴 하지만.

별보다는 태양이 더 밝게 빛나지 않나?

잠깐 고민하던 나는 별표 옆에 해도 그려 넣었다. 그러고 나니 조금 더 중요한 것처럼 보였다. 그런데 뭔가 빠진 것 같았다. 잠시 노트를 바라보며 고민하던 나는 맨 윗부분에 두 단어를 더 적어 넣었다. 그제야 만족스러웠다.

<체육공원 살인사건>

점퍼를 입고 바깥으로 나왔다. 아직 해가 지지 않았으니 할머니도 내가 외출하는 걸 말리지 않았다.

아빠한테 갔다 올게요.

"오냐. 우리 강아지, 편의점까지 가는 길은 알제? 혼자 갈 수 있남? 할미랑 같이 갈까?"

나는 고개를 끄덕끄덕하다 다시 절레절레 흔들었다. 편의점까지 가는 길은 알지만 할머니랑 같이 가고 싶지는 않다는 뜻이다. 할머니가 "해가 지기 전에 들어오니라" 하고 말하며 나를 배웅했다.

편의점까지 내 걸음으로 정확하게 17분이 걸린다. 나는 아직 중학생이라 아빠보다 걸음이 느리다. 길을 걷다 신기한 게 있으면 그 자리에 멈춰 서서 멍하니 시간을 보내는 일도 종종 있다.

오늘은 편의점에 가기 전에 들를 곳이 있었다. 바로 체육공원이다. 형사 할아버지가 "모든 답은 현장에 있다"고 했던 말을 떠올리며.

체육공원에는 아줌마 세 명과 아저씨 두 명이 있었다. 혹시나 현장으로 돌아온 범인과 마주치면 어쩌나 걱정했지만 그들 중 범인은 없는 것 같았다. 모두 옆집 아저씨처럼 배가 볼록 튀어나왔으니까. 범인의 얼굴은 보지 못했지만 뚱뚱하지 않았다는 것은 기억났다.

나는 사람들과 눈을 마주치지 않으려 애쓰며 체육공원 입구의 난간으로 다가갔다. 아줌마들이 나를 보며 뭐라고 얘기하는 것 같았지만 신경 쓰지 않았다. 범죄드라마에서 보면 사건이 일어난

곳에 노란색 테이프로 폴리스 라인을 치는데 이곳에는 아무것도 없었다. 경찰은 정말로 이 사건을 사고라고 생각하는 모양이었다.

혹시 어젯밤 내가 던지고 간 쌍안경이 있지 않을까, 하는 생각에 주변을 꼼꼼히 살펴보았지만 기대는 금세 수포로 돌아갔다. 아무리 둘러봐도 내 보물 1호는 찾을 수 없었다. 아마도 범인이 가져간 모양이었다.

아!

문득 떠오른 생각에 나는 다시 한번 바닥을 살피기 시작했다. 범인은 담배를 피우고 있었다. 담배꽁초를 찾으면 범인이 어떤 담배를 피우는지 알 수 있을지도 모른다. 운이 좋으면 국립과학수사연구원에서 DNA를 분석해 금세 범인을 잡을 수도 있다.

하지만 나는 곧 우울해지고 말았다. 바닥에 떨어진 담배꽁초가 스물여덟 개나 됐기 때문이다. 그중 어느 것이 범인의 담배인지 알 수 없었다. 경찰도 스물여덟 개나 되는 담배꽁초의 DNA를 일일이 분석해 주지는 않을 것이다.

맞아!

그 순간 희미한 담배 냄새와 함께 고스란히 되살아나는 기억이 있었다. 냄새. 그날 밤, 남자에게서 나던 냄새였다. 나는 그 사실을 잊어버리기 전에 품속에 넣어 온 노트와 펜을 꺼냈다. 그러고는 '담배를 피웠음'이라는 글자 아래에 방금 떠올린 생각을 적었다.

담배 냄새. 달콤한 냄새. 독한 화학약품 냄새.

아! 촉감도 떠올랐다.

까칠하고 건조한 손의 감촉.

달콤한 냄새와 독한 화학약품 냄새가 무엇인지는 알 수 없었다. 추측건대 달콤한 냄새는 아마도 범인의 향수 냄새였을 것이다. 화학약품 냄새는 전혀 짐작이 가지 않았다. 그런데 이상하게 어디선가 한번 맡아 본 적이 있는 듯 익숙한 느낌이 들었다.

아무리 머리를 굴려도 떠오르는 게 없었다. 뿌연 안개 속에 서 있는 것처럼—이것은 비유법이다. 내가 진짜로 안개 속에 서 있었던 건 아니다. 오늘은 날씨가 좋았다 — 앞이 막막하고 가슴이 답답했다.

나는 노트를 다시 품속에 넣고 공원을 빠져나갔다. 할머니한테 편의점에 다녀오겠다고 했으니 들러야 했다. 만약 아빠와 만나지 않았다는 사실이 밝혀지면 그 시간에 무엇을 했는지 추궁당할 수 있으니 말이다. 이런 걸 '알리바이 만들기'라고 한다.

음, 제법 탐정 같은데?

저 멀리 편의점 간판이 보였다. 걸음이 좀 더 빨라졌다. 아빠는 나를 보고 반가워할 것이다. 그럼 오늘 퇴근할 때 가지고 오기로 한 망고아이스크림을 지금 먹게 해 줄지도 모른다.

그런데 나는 편의점 앞에 우뚝 멈춰 서고 말았다. 유리창 너머로 웃고 있는 아빠의 모습이 보였던 탓이다. 아빠는 카운터 앞에 서 있는 여자 손님과 이야기를 나누고 있었다. 아니, 손님이 아닐 수도 있었다. 나도 몇 번이나 얼굴을 본 적 있는 아줌마였다. 건너편에서 카페를 운영하고 있는 사장님이다.

문득 가슴이 따끔거렸다. 왜인지는 알 수 없었다. 그냥 바늘로 콕콕 찌르는 것처럼 가슴이 아프고 기분이 안 좋아졌다. 알리바이는 못 만들어도 그냥 돌아가는 게 나을 것 같았다.

그때 무심코 고개를 돌리던 여자가 나를 발견했다. 편의점 유리창 너머에 가만히 서 있는 나를 이상하게 쳐다보던 여자가 고개를 갸웃거렸다. 그러고는 이내 아빠에게 무어라고 말하며 나를 가리켰다. 그제야 나를 알아본 아빠가 편의점 밖으로 후다닥 뛰어나왔다.

"태의 왔니?"

반갑게 인사하며 주위를 둘러보던 아빠가 "할머니는? 혼자 왔나 보구나?" 하고 물었다. 나는 고개를 끄덕였다.

"그래, 그렇구나. 아하."

내 머리를 쓰다듬으려다가 멈칫하며 손을 내린 아빠가 다 안다는 듯 한쪽 눈을 찡긋했다.

"아빠가 퇴근할 때까지 못 기다릴 것 같아서 망고아이스크림을 가지러 왔지?"

나는 아무 말도 하지 않았다. 원래도 말을 하지 않지만 이때는 더욱 아무 말도 하고 싶지 않았다. 입을 꾹 다물고 서 있자 아빠가 걱정스러운 얼굴을 했다.

"우리 태의가 아직도 기분이 안 좋은가 보구나. 들어가자, 아빠가 망고아이스크림 꺼내 줄게."

나는 고개를 절레절레 저었다. 아빠의 눈이 동그래졌다. 하지만 나는 더 이상 아무 말도 하지 않고 아빠에게서 등을 돌렸다. 집에 가고 싶었다.

"태의야!"

아빠가 당황한 목소리로 나를 불렀다. 그와 동시에.

"안녕?"

내 앞에 어떤 목소리가 불쑥 튀어나왔다. 조금 전의 그 여자다. 나는 꾸벅 고개를 숙였다. 친근한 사이는 아니지만 나보다 나이가 많으니 인사를 해야 했다. 그래야 반은 먹고 들어가기 때문이다.

"혹시 나 기억하니? 저번에 두어 번 봤었는데."

나는 그대로 등을 돌려 집으로 뛰어갔다. "태의야!" 아빠가 부르는 소리가 들렸지만 돌아보지 않았다. 멈추지도 않았다.

나는 어른 여자가 싫다. 아니, 사실은 무섭다. 하지만 우리 할머니는 예외다. 할머니는 목소리가 쩽쩽거리지도 않고, 독한 향수 냄새가 나지도 않으며, 나에게 시끄럽다고 화를 내지도 않는다.

할머니는 원래 시골에 살고 있었다. 그러다 회사에 다니는 아빠 대신 나를 돌보기 위해 난생처음 도시로 이사를 오게 되었다. 할머니는 시골에 있을 때 농사를 지었다고 했다. 주로 밭농사였는데 배추와 무, 양파, 고구마 같은 것들을 심었다고 했다. 그래서인지는 몰라도 할머니에게서는 흙냄새가 났다. 나는 그 냄새가 향수 냄새보다 백배 천배는 더 좋았다.

집에 도착한 나는 침대로 뛰어들어 이불을 뒤집어썼다. 할머니가 밥을 먹으라고 했지만 배가 고프지 않았다. 이유는 알 수 없이 자꾸만 기분이 나빠졌다. 숨이 턱턱 막히고 심장이 죄어들었다. 그것이 살인범 때문인지, 아빠 때문인지 혹은 그 여자 때문인지는 알 수 없었다.

밤 10시가 조금 넘은 시각, 편의점에서 돌아온 아빠가 내 방문을 두드렸다. 그러고는 조심스럽게 문을 열었다.

"태의야, 자니?"

나는 이불을 덮어쓰고 있었다. 그러나 잠을 자지는 않았다. 아빠 말에 대꾸하지도 않았고, 얼굴을 내밀지도 않았다. "저기, 태의야." 아빠가 난감해하는 목소리로 말했다. 하지만 나는 이불을 조금 더 머리 위로 끌어당겼다. 지금은 대화를 하고 싶지 않다는 뜻이다. 아빠가 한숨을 내쉬었다.

"그래, 잘 자렴. 좋은 꿈 꾸고."

그 말을 끝으로 아빠는 불을 끄고 방을 나갔다. 방문 너머에서

"태의가 저녁도 안 먹었는데, 배가 고파서 어쩌누?" 하고 걱정하는 할머니의 목소리가 들렸다. 오늘 밤에도 쉽게 잠들 수 없을 것 같았다.

반장

오늘은 토요일이다. 학교를 가지 않아도 되는 날이다. 그래서인지 어젯밤보다 기분이 한결 좋았다. 게다가 내게는 그 여자보다 더 큰 문제가 도사리고 있었다. 목숨이 달린 아주아주 중요한 문제다.

나는 책상에 앉아 노트를 쳐다보았다. 이제 노트에는 제법 많은 글자가 적혀 있었다.

범인은 반드시 현장에 다시 돌아온다.

단서를 찾아라.

촉을 믿어라.

모든 답은 현장에 있다.

검은색 모자를 썼음.

담배를 피웠음.

담배 냄새. 달콤한 냄새. 독한 화학약품 냄새.

까칠하고 건조한 손의 감촉.

하지만 여기서 더 이상 무엇을 해야 할지 알 수 없었다. 그때 똑
똑, 하고 방문을 두드리는 소리가 났다. 잠시 후 문이 열리고 아빠
가 방으로 들어왔다. 나는 얼른 노트를 덮었다.

"오늘 토요일인데 아빠랑 같이 출근할래?"

나는 주말이면 가끔 아빠와 함께 편의점으로 출근한다. 아빠는
손님에게 인사를 하고, 나는 카운터에 앉아 휴대폰 게임을 하거
나 그림을 그린다. 그러고는 아이스크림을 꺼내 먹고, 신상품 도
시락을 데워 먹는다. 도시락을 데울 때는 뚜껑에 적혀 있는 시간
을 잘 확인해야 한다. 도시락마다 전자레인지에 데우는 시간이
조금씩 다르기 때문이다.

아빠는 손님이 없을 때면 내 옆에 앉아 끊임없이 이야기를 했
다. 매일 동생 손을 잡고 와서 사탕 두 개를 사 가는 어린 손님 이
야기, 길고양이에게 먹이를 한 번 주었더니 편의점을 마치 제집
처럼 드나든다는 이야기, 날씨가 제법 서늘해져서 아이스크림이
많이 안 나간다는 이야기까지.

나는 아빠 말에 딱히 대꾸하지는 않는다. 계속 휴대폰만 보고 있
을 때도 있다. 혹은 책을 읽느라 아빠가 하는 말을 아예 듣지 못할

때도 있다. 그럼에도 불구하고 아빠는 이야기를 멈추지 않았다.

예전에는 주말이 되면 아빠와 함께 동물원이나 아쿠아리움에 가기도 했다. 내가 사람 많은 곳을 싫어한다는 걸 알고 난 뒤에는 인적이 드문 공원이나 미술관을 다녔다. 그러던 것이 요즘에는 편의점으로 출근하는 날이 더 많아졌다. 아빠도 나도 그것이 더 편하고 즐거웠기 때문이다.

아빠가 같이 출근하자고 말하면 나는 직장인이라도 된 것처럼 가방에 이것저것 짐을 챙기기 시작한다. 편의점에서 오랜 시간을 보내려면 여러 가지 준비물이 필요하기 때문이다. 휴대폰이나 책, 그림 그리기 재료 같은 것들 말이다. 때로는 아빠와 카드놀이를 하기 위해 트럼프를 챙기기도 한다.

아빠 편의점은 손님이 한꺼번에 몰려오지 않아서 좋았다. 실은 아빠가 해 주는 이야기들도 꽤 재밌었다. 덕분에 아무리 처음 본 사람이라도 '아, 저 애가 동생 손을 잡고 사탕을 사러 오는 손님이구나' '저 사람은 아빠가 말한 콜라만 마시는 할아버지구나' '저 아줌마는 늘 슈퍼마켓보다 비싸다고 투덜거리는 손님이구나' 하는 것들을 알 수 있었다.

그런데 오늘은 유감스럽게도 같이 출근할 수 없었다. 내게는 그보다 더 중요한 일이 있었다. 나는 책상을 응시한 채로 가만히 고개를 저었다. 잠시 내 곁에 서 있던 아빠가 "태의야, 어제는 말이지" 하며 입을 열었지만 어째서인지 더 이상 말을 잇지 못하고 입을 다물었다.

나는 아빠가 무슨 말을 하려는지 알 것 같기도 했는데 깊이 생각하기 싫어서 귀를 틀어막았다. 그러면 아빠는 더 이상 이야기를 하지 않는다. 그건 우리의 약속이었다.

"그래, 좋은 하루 보내렴, 우리 아들."

아빠가 힘겹게 웃으며 방을 나갔다. 나는 귀를 쫑긋 세웠다. 오래지 않아 대문이 열리고 닫히는 소리가 났다.

그 뒤로 한 시간이 넘게 책상 앞에 앉아 있었다. 아무리 뚫어지게 쳐다봐도 무엇을 해야 할지 알 수 없는 건 마찬가지였다. 이럴 때 방법은 하나뿐이다. 나는 자리에서 일어났다. 노트와 휴대폰을 챙기고 점퍼를 입었다.

"우리 강아지, 어디 가려고?"

내가 방을 나서자 빨래를 널고 있던 할머니가 알은체를 했다. 나는 고개를 끄덕이고 휴대폰을 보여 주었다.

공원에.

"그래, 조심해서 다녀와라. 무슨 일 있으면 할미한테 전화하고."

나는 대충 고개를 끄덕였다. 할머니는 내가 말을 못한다는 사실을 알고 있지만 항상 "무슨 일 있으면 할미한테 전화하라"는 말을 한다. 할머니는 문자메시지를 읽는 방법도, 보내는 방법도 모르기 때문이다.

나는 곧장 작은 공원으로 향했다. 평소 내 산책 길은 아니지만 오늘은 예외였다.

형사 할아버지가 있을까?

우리는 늘 하교 시간에만 만났다. 주말에는 공원에 간 적이 없어 슬그머니 걱정되기 시작했다. 하지만 그것은 나의 기우였다. 공원이 저만치에 보일 때부터 두 번째 벤치에 앉아 있는 흰머리가 보였다. 나는 얼른 그곳으로 뛰어가 꾸벅 인사를 했다. 형사 할아버지가 두 눈을 살짝 크게 떴다.

"오늘은 평일도 아닌데 어쩐 일이신가? 주말에 보는 건 처음이구나."

나는 고개를 끄덕였다. 그러고는 할아버지가 앉은 벤치의 반대쪽 끄트머리에 슬그머니 엉덩이를 걸치고 앉았다. 조용한 침묵의 시간이 흘렀다. 나는 원래 말을 하지 않았고 할아버지도 딱히 말이 많지 않았다. 나는 그게 좋았다.

대부분의 사람들은 쓸데없는 질문을 많이 한다. 특히 내가 다니는 정신과 의사 선생님이 그렇다. 나는 답을 하기 위해서 한참이나 생각해야 한다. 그러나 상대방은 정작 그 질문이 별로 중요한 것이 아니었다는 듯 대충 넘어가곤 했다.

예를 들면 이런 거다. 같은 반 아이가 "어이, 이태리. 월요일은 진짜 학교 오기 싫지 않냐? 넌 어제 뭐 했냐?" 하고 묻는다. 그럼 나는 어제 뭘 했는지 기억을 되짚으며 휴대폰 메모장에 열심히 내 일정을 적는다.

일단 나는 이태리가 아니라 '이태의'라는 것과 아침 7시 30분에 일어나서 35분까지 멍하니 있다가 세수를 하고, 8시에 시리얼 30그램을 먹고 양치를 하고 나서, 8시 15분부터는 텔레비전을 봤다는 것을.

여기까지는 평일과 같다. 그러나 일요일은 학교에 가지 않기 때문에 그 뒤의 일정이 다르다. 9시부터는 내가 좋아하는 공룡 도감을 읽었고, 10시가 되어서는 간식으로 아이스크림을 먹었으며, 10시 20분에 산책을 갔다는 것도 적었다.

아직 하루 일과의 3분의 1도 지나지 않았는데, 이쯤 되면 질문했던 아이는 어느새 다른 아이에게로 가서 "야, 어제 뭐 했냐?" 하고 묻는다. 그러면 나는 덩그러니 앉아 깜빡이는 휴대폰 화면만 내려다봐야 했다.

그래서 나는 질문이 많은 사람을 싫어했다. 질문을 하고 상대의 대답을 기다리지 않는 사람은 더더욱 싫어했다. 그런 면에서 형사 할아버지는 좋았다. 먼저 말을 걸기는 하지만 필요 없는 질문은 하지 않기 때문이다.

오늘은 내가 질문을 해야 했다. 할아버지가 나를 질문 많은 아이로 생각하지 않았으면 좋겠는데. 나는 생각에 잠긴 얼굴로 길 건너편을 보고 있는 할아버지에게 휴대폰을 들이밀었다.

아무리 신중하게 사건을 되짚어 봐도 단서를 모르겠으면 어떻게 해요?

"음?"

할아버지는 영문 모를 얼굴을 하다가 이내 그것이 어제 했던 이야기의 연장선임을 깨닫고는 허허, 너털웃음을 터뜨렸다.

"그러게, 어떻게 하려나?"

마치 거기에 답이 적혀 있는 듯 하늘을 올려다보던 할아버지가 천천히 입을 열었다.

"아주 유명한 사기꾼이 있었는데 말이다, 어찌나 수법이 교묘한지 단서 하나 안 남기는 게 그 사기꾼의 특징이었단다."

나도 고개를 들어 하늘을 올려다보았다. 그러나 그곳에는 작은 구름 여덟 조각 외에는 아무것도 없었다.

"사기당한 피해자가 많으니 인상착의는 아는데 어디 사는지, 본명은 뭔지, 어느 학교를 나왔는지, 부모나 형제는 누구인지, 이런 것들을 전혀 몰랐지 무어냐. 게다가 인상착의도 평범하기 그지없어서 수배 전단을 작성해도 아무런 성과가 없었단다."

나는 귀를 쫑긋 세우고 할아버지의 이야기에 집중했다.

"그때 어느 피해자가 중요한 단서 하나를 떠올렸단다. 사기꾼이 차고 있던 시계가 아주 고급 브랜드의 제품이었다는 거지. 사기꾼의 몽타주 한 장을 들고 그 시계를 파는 가게와 백화점을 아주 싹 다 훑었단다. 서울에서 김 서방, 아니 대한민국에서 김 서방 찾기였지.

그러다 부산에 있는 한 가게에서 사기꾼과 인상착의가 비슷한 단골이 있다는 사실을 알게 됐단다. 마침내 그놈을 잡았지. 나중에 헤아려 보니까 우리가 돌아다닌 가게와 백화점이 총 삼백 군데가 넘었더구나. 이렇게 일단은 맨땅에 헤딩이라도 해야 한다. 때로는 끈기가 사건을 해결해 줄 수도 있는 법이거든."

뭘 해야 하는지 모르면요?

"그래도 뭔가를 해야 하지. 아무것도 하지 않으면 아무것도 얻을 수 없단다. 지금은 헛수고라는 생각이 들더라도 나중에는 그게 분명 도움이 될 게다. 분명 그럴 게야. 저기 보거라, 낙엽이 떨어지는 게 보이느냐?"

나는 고개를 끄덕였다.

"아무 쓸모없는 것 같은 낙엽이지만 저대로 썩어 거름이 되면 새싹을 돋게 하는 양분이 된단다. 그러니 이 세상에 쓸모없는 일은 하나도 없지."

나는 멍하니 단풍나무를 쳐다보았다. 차츰 붉은색을 띠기 시작하는 단풍나무를 보며 뭘 해야 할까 고민했다.

아!

그러다 문득 한 가지 생각이 떠올랐다. 급하게 자리에서 일어서던 나는 다시 휴대폰에 글자를 찍었다.

그런데 할아버지는 왜 항상 이곳에 있어요?

내 물음에 할아버지가 씩 웃었다. 주름진 얼굴이 나를 돌아보았다.

"우리가 이곳에서 만난 지 벌써 여덟 달째인데 이제야 그걸 물어보는구나. 드디어 나한테 관심이 생긴 것이냐?"

나는 한참을 고민했다. 할아버지에게 관심이 생긴 것인지 아닌지 알 수 없었기 때문이다. 할아버지는 내가 대답할 때까지 잠자코 기다려 주었다.

모르겠어요.

"하하하."

할아버지가 갑자기 너털웃음을 터뜨렸다. 그러다 마치 한약을 먹은 사람처럼 쓸쓸한 목소리로 "지난날의 잘못과 마주하는 중이란다" 하고 대답했다. 나는 그 말이 무슨 뜻인지 몰랐다.

열심히 하세요.

그래서 응원의 말을 남긴 후 공원을 빠져나왔다. 할아버지가 다시 웃음을 터뜨렸다.

나는 그길로 곧장 화장품 가게를 찾아갔다. 그런데 미처 생각하지 못한 난관이 나를 기다리고 있었다. 가게 안이 성인 여자로 가득했던 것이다. 나는 그 안으로 들어가지 못하고 입구에서 뱅글뱅글 돌기만 했다. 마음이 부산스러웠다.

작은 공간에 많은 사람이 있는 건 싫다. 실수로 타인의 손이 내 몸에 닿는 걸 상상하는 것만으로도 온몸에 소름이 돋았다. 게다가 가게 안에 여자만 있는 것 역시 마음에 들지 않았다. 안으로 들어가야 할 이유가 있지만 도무지 들어갈 수가 없었다.

싫어. 싫어!

머릿속이 점점 하얗게 변했다. 귀가 먹먹해졌다. 나는 그 감각을 잘 알고 있었다. 곧이어 삑— 하는 이명이 나를 집어삼킬 것이다. 그러면 나는 그 소리를 잠재우기 위해 벽에 쿵쿵 머리를 찧어야만 했다.

그런데 바로 그때였다.

"어, 이태의?"

갑자기 들려온 내 이름에 나도 모르게 고개를 들었다. 나와 키가 비슷한 여자아이가 뒷짐을 진 채 나를 쳐다보고 있었다. 나는 그 얼굴을 알고 있었다. 머리를 길게 늘어뜨리고 은테 안경을 낀 여자아이는 우리 반 반장, 나은수였다. 교복을 입고 있지 않았지만 한눈에 알아볼 수 있었다.

반장은 종종 나에게 말을 걸었다. 숙제를 걷어야 할 때라든지, 선생님의 호출을 전해 줄 때라든지. 그렇게 어쩔 수 없는 경우가 간혹 생긴다. 반장은 내가 말을 못한다는 걸 알고 있어서인지 무뚝뚝하게 대해도 전혀 개의치 않았다.

게다가 가끔 심술궂은 남자아이들이 내 책상을 치고 지나가거나 등 뒤에서 내 흉을 보면서 낄낄거리면 "너 그것도 학교폭력이다? 한 번만 더 그러면 학교폭력 신고센터에 전화할 거야"라며 으름장을 놓곤 했다. 그러면 남자아이들은 꼬리 내린 강아지처럼 풀이 죽어서 슬그머니 자취를 감추었다.

"으음…… 여기에 볼일 있어?"

반장이 화장품 가게와 나를 번갈아 쳐다보았다. 그러고는 어울리지 않는 조합에 고개를 갸우뚱거렸다. 그제야 퍼뜩 정신이 돌아왔다.

"나는 친구랑 약속이 있어서 나왔는데 아무래도 조금 일찍 도착했나 봐. 너는 화장품 사려고?"

반장이 다시 한번 물었다. 평소 필요 이상의 말은 하지 않지만 어쩐지 오늘따라 집요했다. 나는 짧은 한숨을 내쉰 뒤 마지못해 휴대폰을 꺼냈다. 대답을 듣지 않고서는 가지 않을 기세였다.

남자 향수를 찾으러 왔는데 화장품 가게에 사람이 많아서 못 들어가고 있어.

"남자 향수를 찾는다고?"

고개를 쭉 내밀어 휴대폰을 본 반장이 은테 안경을 밀어 올렸다.

"어떻게? 향수 이름은 알고 있어?"

나는 고개를 절레절레 저었다. 반장의 표정이 묘하게 변했다. 사람들은 그런 표정을 가리켜 미심쩍다고 한다. 그러니까 반장은 나를 의심하는 것이다.

냄새는 기억하고 있어.

"냄새만으로 향수를 찾는다고?"

나는 고개를 끄덕끄덕했다. 고민하던 반장이 "잠깐 기다려 봐" 하고 화장품 가게 안으로 뛰어 들어갔다. 잠시 후, 내게 세 장의 길쭉한 종이를 내밀었다.

"일단 이것부터."

나는 그것을 멀뚱멀뚱 내려다봤다. 반장이 "시향지라고 하는 거야. 향수에서 어떤 향이 나는지 맡아 보고 구매할 수 있도록 비치해 두는 종이지"하고 설명했다.

"일단 가장 잘 팔리는 것으로 세 개 뿌려 봤어. 이렇게 하면 가게 안에 들어가지 않고도 향을 맡을 수 있지."

나는 반장이 내민 종이 한 장을 건네받았다. 그러고는 그것을 코 가까이 가져갔다. 마치 바닷가에 온 듯 시원한 향이 났다. 하지만 내가 맡았던 범인의 냄새는 아니다. 범인에게서 나던 향은 이것보다 더 달콤했다. 나는 가만히 고개를 저었다.

반장이 다른 종이를 내밀었다. 이번에는 묵직한 향이 났다. 아니다. 범인의 냄새는 이것보다 가벼웠다. 나는 또 한 번 고개를 저었다. 반장이 세 번째 종이를 내밀었다. 종이를 가까이 가져가기도 전에 아빠 스킨보다 독한 냄새가 코를 찔렀다. 나는 얼른 고개를 저었다.

그 뒤로 반장은 세 번이나 더 화장품 가게 안에 들어갔다 나왔다. 그리고 가게에서 나올 때마다 내게 새로운 시향지를 내밀었다. 나는 총 열한 개의 향수 냄새를 맡았다. 그러나 모두 범인의 것과는 달랐다.

"남자 향수는 이게 마지막인데."

반장이 빈손을 털며 말했다.

"나머지는 여자 향수인데 그것도 가져와 볼까?"

나는 고개를 저었다. 남자가 여자 향수를 뿌렸을 리는 없으니까. 일단 여기서 해야 할 일은 끝났다. 그것은 더 이상 이 불편한 곳에 머물지 않아도 된다는 뜻이다.

나는 곧장 등을 돌렸다. 어쩐지 너무 피곤했다. 얼른 집으로 돌아가고 싶었다. 이곳은 사람이 너무 많았다. 아무 소리도 들리지 않는 내 방에 누워 쌍안경으로 천장 무늬를 쳐다보고 싶었다. 하지만 내게는 쌍안경이 없었다.

"뭐야, 그냥 가는 거야? 인사라도 하지? 고맙다는 말은? 내 수고는? 야, 이태의!"

등 뒤에서 반장이 투덜거리는 소리가 들렸다. 지금은 인사를 하고 싶지 않았다. 반을 먹고 들어가지 않아도 좋았다. 나는 터덜터덜 힘없이 걸으며 한숨을 내쉬었다. 하지만 답답한 가슴이 시원해지지는 않았다.

쉬는 시간을 알리는 종이 울렸다. 선생님이 나가자마자 남자아이들이 사방팔방으로 뛰어다니기 시작했다. 머리 위로 필통이 날아다니고 의자가 넘어지며 괴성이 난무했다. 심지어는 빗자루를 휘두르며 칼싸움하는 아이들도 있었다.

평소라면 얼른 이 시끄러운 곳에서 탈출하고 싶었을 텐데 오

늘은 생각에 잠겨 있느라 그러지 못했다. 나는 힐긋, 눈동자만 굴
려 앞자리를 쳐다보았다. 반장은 짝꿍과 함께 수다를 떠는 중이
었다. 나는 내 휴대폰 화면에 떠 있는 글자를 보며 또다시 생각에
잠겼다.

나를 좀 도와줘.

형사 할아버지는 사기꾼을 잡기 위해 삼백 군데가 넘는 가게를
돌아다녔다고 했다. 그런데 나는 고작 화장품 가게 한 군데밖에
가지 않았으면서도 범인의 향수를 찾지 못했다고 실망했다. 나는
가방 속에서 노트를 꺼냈다. 그러고는 새롭게 적어 놓은 문장을
응시했다.

때로는 끈기가 사건을 해결한다. 맨땅에 헤딩.

끈기란 쉽게 단념하지 않고 끈질기게 견뎌 나가는 기운이라고
했다. 조금 전 국어사전에서 찾아본 것이니 틀림없었다. 화장품
가게 한 군데만 조사해 보고 포기하는 것은 끈기 있는 행동이 아
닐 것이다.

하지만 아무리 노력해도 여자들이 득시글거리는 화장품 가게
에 들어갈 용기는 나지 않았다. 그렇다면 방법은 하나뿐이다. 토
요일에 그랬던 것처럼 반장의 도움을 받아야 한다. 모르는 성인
여자들 사이에 서 있을 바에야 친분 없는 반장과 이야기를 나누

는 편이 훨씬 편했다. 물론 상대적으로 그렇다는 말이다.

나는 반장에게 어떻게 말을 걸어야 할지 몰라 하루 종일 망설이고 있었다. 맨땅에 헤딩. 형사 할아버지는 가만히 있으면 아무것도 해결되지 않는다고 했다. 뭐라도 해 봐야 한다고 말이다.

그래, 맨땅에 헤딩이란 말이지!

나는 마침내 결심하고 자리에서 벌떡 일어났다. 그러고는 곧장 쪼그리고 앉아 바닥에 머리를 박았다. 쿵, 하는 소리가 나며 눈물이 핑 돌았다.

시끄럽던 교실이 순식간에 조용해졌다. 어째서인지 반 아이들이 모두 나를 쳐다보고 있었다. 맨땅에 헤딩을 해 보아도 달라지는 건 없었다. 여전히 반장에게 어떻게 말을 걸어야 할지 몰랐다.

"괜찮니? 선생님 불러 줄까?"

내 곁으로 다가온 반장이 걱정스러운 표정으로 나에게 말을 걸었다. 나는 눈을 깜빡이며 반장을 쳐다보았다.

서, 성공이다!

형사 할아버지가 말한 맨땅에 헤딩이라는 말이 이런 뜻이었나 보다. 맨땅에 헤딩을 하고 나니 일이 술술 풀렸다. 나는 재빨리 반장에게 휴대폰을 내밀었다.

나를 좀 도와줘.

"알았어. 선생님을 불러올까, 아니면 집에 연락해 줄까?"

은테 안경을 밀어 올리며 반장이 자못 심각한 표정을 지었다.

나는 고개를 절레절레 저었다. 그러고는 다시 휴대폰을 건넸다.

남자 향수를 꼭 찾아야 해. 다른 화장품 가게에도 갈 거야.

반장은 잠시 아무 말 없이 나를 바라보았다. 나는 반장이 거절할까 봐 가슴이 조마조마했다. 반장이 내 부탁을 들어주지 않는다면 다른 사람에게 도움을 요청해야 하는데, 그 정도로 친분이 있는 아이는 없었기 때문이다. 나에게는 친구가 없다.

"지난 토요일처럼 너랑 같이 화장품 가게에 가서 향수를 시향지에 뿌려 달라는 얘기야?"

나는 고개를 끄덕끄덕했다. 바로 그 말이다. 역시 반장은 머리가 좋다. 게다가 국어 시험 점수도 우리 반에서 가장 높았다. 그래서인지 내 말을 한 번에 이해했다.

"너 그날, 내가 도와줬는데 인사도 없이 갔잖아."

반장이 갑자기 팔짱을 꼈다. 나는 당황스러웠다. 그 말이 무슨 뜻인지 몰라서였다. 물음표로 끝난 말도 아니었다. 그런데도 반장은 나의 대답을 기다리듯 침묵했다. 나는 우리 반에서 국어 성적이 꼴찌다.

무슨 말을 해야 할지 몰라 잠시 고민하던 나는 '응'이라고 써서 반장에게 보여 주었다.

"에효."

짧게 한숨을 쉰 반장이 맥이 풀린 듯 어깨를 늘어뜨렸다. 그러더니 "뭔가 이유가 있는 거지?" 하고 물었다. 이번에는 확실한 질문이라 나는 자신 있게 고개를 끄덕였다.

"좋아. 대신에 조건이 두 가지 있어. 끝나면 꼭 고맙다고 말하기. 그리고 점심으로 햄버거 사 주기. 어때?"

네가 먹을 햄버거를 왜 내가 사?

나는 진심으로 궁금했다. 남한테 얻어먹는 건 좋은 버릇이 아니다. 그래서 아빠는 월요일 아침마다 내게 용돈을 쥐여 주었다. 아마도 반장의 아빠는 용돈을 주지 않는 모양이다. 햄버거가 먹고 싶은데도 사 먹지 못하고 나한테 사 달라고 하는 걸 보면.

반장의 아빠는 가난한 걸까?

스윽, 은테 안경을 밀어 올린 반장이 "그럼 향수를 찾아야 하는 건 넌데 내가 왜 도와줘야 하지?"라고 물었다.

아!

나는 그제야 무릎을 탁 쳤다. 이건 등가교환이다. 예전에 화폐가 없을 때 사람들은 필요한 물건이 생기면 그것을 가진 사람과 직접 물물교환을 했다. 쌀과 고기, 소금과 생선 같은 것들을 말이다. 그러니까 나는 반장의 도움이 필요하고, 반장은 햄버거가 필요한 것이다.

알았어.

내 휴대폰을 본 반장이 고개를 끄덕였다.

"그럼 토요일?"

이번에는 내가 고개를 끄덕였다.

쉬는 시간의 끝을 알리는 종소리가 들렸다. 반장이 아무 일도 없었다는 듯 태연하게 자기 자리로 돌아갔다. 조용하던 교실이 다시 어수선해졌다. "방금 그거 뭐야?" "반장이랑 저 녀석이 왜?" "향수는 뭐고, 햄버거는 또 뭐냐?" 아이들이 끝없이 소곤거렸다.

생각에 골몰한 나는 그 수군거림을 제대로 듣지 못했다. 형사 할아버지처럼 삼백 군데나 들르기 전에 찾을 수 있으면 좋겠다, 화장품 가게를 그렇게 들르면 햄버거값이 얼마나 나올까, 오늘 집에 가서 돼지 저금통에 얼마가 있는지 확인해 봐야겠다, 같은 생각을 하느라 바빴기 때문이다.

"오늘은 우유가 있겠구나?"

형사 할아버지가 눈가에 주름을 잡으며 알은체했다. 평소에는 먼저 말을 걸 때까지 할아버지의 존재를 눈치채지 못한다. 집으로 가는 길에 집중하기 때문이다. 그러지 않으면 나도 모르게 금세 아이스크림 가게에 시선을 빼앗기고 만다.

하지만 오늘은 먼저 말을 걸기 전부터 할아버지의 존재를 눈치채고 있었다. 아니, 할아버지를 만나기 위해 걸음을 서둘렀다고 하는 게 더 정확한 말일 것이다. 나는 꾸벅 인사한 뒤 가방 앞주머니에서 우유를 꺼내 벤치 위에 살짝 올려놓았다. 할아버지가 우유를 단숨에 꿀꺽꿀꺽 마셨다.

"크하, 맛있구나."

벤치 끄트머리에 엉덩이를 붙이고 앉았다. 할아버지는 이제 익숙해졌는지 내가 벤치에 앉아도 놀라지 않았다. 빈 우유 팩을 내려놓던 할아버지가 그제야 내 얼굴을 제대로 보고는 두 눈을 크게 떴다.

"그런데 이마는 왜 그러느냐?"

맨땅에 헤딩을 했거든요.

나는 가슴을 펴며 자랑스럽게 대답했다. 형사 할아버지가 슬그머니 눈살을 찌푸렸다. 내 말의 뜻을 짐작해 보려고 노력했지만 아무리 해도 이해할 수 없는 모양인지 한참 후에야 "맨땅에 헤딩?"이라고 반문했다. 그보다 나는 궁금한 게 있었다.

어떻게 우유가 월, 수, 금요일에만 나온다는 걸 알았어요?

멀찍이 휴대폰을 들여다보던 형사 할아버지가 하하하, 소리 내어 웃었다. 그러다 이내 쿨럭쿨럭하고 마른기침을 터뜨렸다. "하여간 이놈의 기침, 징하게도 안 떨어지네." 반쯤 혼잣말을 한 할아버지가 "그야" 하며 입을 열었다.

"관찰이지, 관찰."

나는 할아버지를 똑바로 쳐다보았다. 늘 기운 없이 축 처져 있는 할아버지는 예전 일을 이야기할 때만 반짝반짝 빛이 난다. 갑자기 눈매가 또렷해지고 얼굴에 생기가 넘쳤다.

"자고로 형사라 하면 말이다, 사람을 그냥 보기만 해서는 안 된단다. 관찰을 해야지. 범인의 변장이 얼마나 교묘한지 아느냐? 한

번은 이런 일도 있었단다.

어디 보자…… 그래, 상습절도범. 빈집 털이로 유명한 절도범이 있었단다. 여자 기숙사에 몰래 숨어 들어가서 속옷을 훔쳐 가는 변태 놈이었지. 그런데 이놈이 어찌나 신출귀몰한지 도무지 꼬리가 잡혀야 말이지. CCTV 같은 것도 없을 때였거든.

그날도 기숙사 앞에서 잠복근무를 하고 있는데 여자 비명 소리가 들리지 무어냐. 동료랑 황급히 뛰어올라 갔는데.”

거기서 잠깐 말을 멈춘 형사 할아버지가 또다시 쿨럭쿨럭 기침을 했다. 나는 조마조마한 눈으로 할아버지를 쳐다보았다. 마른세수를 한 할아버지가 다시 말을 이었다.

“마침 계단을 내려오던 여자와 스쳐 지나갔단다. 그런데 아무래도 뭔가 이상하더란 말이지.”

뭐가요?

“처음에는 그게 뭔지 몰라서 잠깐 멈춰 섰단다. 그랬더니 앞서 가던 동료가 얼른 안 오고 뭐 하냐고 닦달을 하더구나. 그 순간 번쩍하고 생각이 났지. 분명 그 여자는 걸어서 계단을 내려오고 있었는데 어깨가 들썩거렸어. 마치 방금까지 달려왔던 사람처럼.

그뿐이 아니란다. 여자치고는 발도 무척이나 컸고, 화장으로 잘 가렸다고는 하나 턱 밑에 거뭇한 수염 자국을 본 것도 같았지. 나는 그대로 몸을 돌려 그 여자의 뒤를 쫓기 시작했단다. 막 기숙사를 빠져나가려던 여자를 붙잡았지.”

그 사람이 범인이었어요?

"그래, 그자가 범인이었지. 여자 기숙사에 잠입하기 위해 여장을 한 거였단다. 다리털도 깎고, 치마도 입고, 화장도 하고. 여러모로 공을 들였지만 날카로운 내 관찰력 앞에서는 무용지물이었지."

할아버지처럼 날카로운 관찰력을 기르려면 어떻게 해야 하나요?

나는 그것이 무척 궁금했다. 체육공원 살인범이 지금 내 옆을 지나간다 해도 나는 그를 알아볼 자신이 없었다. 할아버지라면 금세 알아차릴 수 있을까? 나는 형사 할아버지와 같은 관찰력이 꼭 필요했다.

"조금 전에 어떻게 우유가 나오는 날을 알았느냐고 물었지?"

나는 고개를 끄덕였다. 할아버지가 짐짓 잘난 체를 하듯 검지를 뻗었다.

"너는 월요일부터 금요일까지 내 앞을 지나갔는데 월, 수, 금요일만 우유를 손에 들고 있었단다. 월, 수, 금요일인데도 우유를 손에 들고 있지 않은 날에는 반드시 가방의 앞주머니가 볼록했지. 그러니 그곳에 우유가 있다는 걸 짐작하는 건 그리 어려운 일도 아니었다."

나는 우유를 항상 손에 들거나 앞주머니에 넣고 다닌다. 책이랑 같은 칸에 넣는 건 영 불안했기 때문이다. 실수로 가방을 떨어뜨려서 우유가 터지기라도 하면, 책이 엉망이 될 것이고 내가 좋아하는 샤프가 든 필통도 축축해질 것이다. 그건 생각만 해도 끔찍한 일이었다.

형사 할아버지의 관찰력은 생각보다 대단했다. 나는 감탄스러운 눈으로 할아버지를 바라보았다. 그걸 느꼈는지 할아버지의 표정이 뿌듯한 빛을 띠었다.

"반면에 화요일과 목요일은 늘 빈손이었고 가방의 앞주머니도 얌전하더구나. 그래서 월, 수, 금요일에는 급식으로 우유가 나오고, 너는 우유를 그다지 좋아하지 않는다는 사실을 알게 된 거란다. 어떠냐, 그냥 보기만 하는 것과 관찰하는 것의 차이를 알겠느냐?"

나는 고개를 끄덕끄덕했다. 그러고는 서둘러 가방 속에서 노트 하나를 꺼냈다. 거기에 한마디를 더 적어 넣었다.

그냥 보기만 하는 것과 관찰하는 것은 다르다.

내 귓가로 할아버지의 건조한 목소리가 이어졌다.

"평소에도 끊임없이 관찰력 기르는 훈련을 해야 한단다. 매일 똑같은 장면을 보더라도 어제와 다른 점은 무엇인지 생각하고, 평범한 사람을 만나더라도 그 사람만의 특징을 찾아내야 하지.

우리 같은 형사들은 말이다, 탐문 수사를 할 때 수백 명의 사람을 만나거든. 그 사람들을 모두 기억해야 한단다. 그 사이에 범인이나 목격자가 섞여 있을지도 모르잖느냐."

평소와 다른 점 생각하기. 사람의 특징 찾아보기.

형사 할아버지가 하는 말을 받아 적은 나는 노트를 가방 속에
챙겨 넣었다. 오늘은 집으로 돌아가서 생각해야 할 게 많았다. 당
장 관찰력 기르는 훈련도 해야 했다.

벌떡 일어나려던 나는 그 자리에 앉은 채로 할아버지의 얼굴
을 쳐다보았다. 내 열렬한 시선에 할아버지가 당혹스러운 표정을
지었다. 나는 한참 동안 할아버지의 얼굴을 쳐다보다가 휴대폰을
슥 내밀었다.

할아버지는 아무리 봐도 형사보다 교장 선생님처럼 생겼어요.

"하하하."

할아버지가 유쾌한 웃음을 터뜨렸다. 나는 할아버지가 왜 웃는
지 몰랐다. 내 관찰력이 어딘가 이상했던 것일까? 야심차게 던진
말이 실패였던 모양이다. 나는 금세 시무룩해졌다.

쿵쿵.

벤치에서 일어나던 나는 고소한 빵 냄새에 이끌려 나도 모르게
코를 벌름거렸다. 어쩐지 배가 고픈 것 같았다. 냄새를 따라 고개
를 돌리자 건너편에 있는 빵집이 보였다. 마침 빵을 굽는 시간이
었는지 열린 문 너머로 식욕을 자극하는 냄새가 끝도 없이 새어
나왔다.

어?

나는 조금 당황했다. 거기에 빵집이 있다는 사실을 이제야 알아차렸기 때문이다. 언제 빵집이 생겼지? 분명 작년까지는 없었다. 중학교 1학년 때는 그곳에 안경점이 있었던 게 기억났다. 그런데 어느새 그 안경점이 빵집으로 바뀌어 있었다.

나는 지금까지 그 사실을 알아차리지 못했다. 항상 집으로 가는 길에만 집중을 하느라 주변을 둘러보지 못했던 것이다.

맙소사, 내 관찰력은 꽝이었다!

갑자기 어깨가 축 늘어졌다. 나는 풀 죽은 얼굴로 할아버지에게 꾸벅 인사한 후, 공원을 가로질렀다.

"어이구, 우리 강아지, 이제 오누?"

골목 입구에 나와서 어슬렁거리던 할머니가 나를 보자마자 반가운 얼굴을 했다. 나는 할머니에게 꾸벅 고개를 숙이고는 가방을 넘겨주었다. "아이쿠!" 할머니가 신음을 흘리며 허리를 두드렸지만 기분이 침울하게 가라앉은 나는 곧장 집으로 들어갔다.

지나가는 길고양이를 빤히 쳐다봤다. 나란히 걷던 아빠가 걸음을 멈추고 나를 돌아봤다.

"왜 그러니, 태의야?"

아무리 보아도 평소와 다른 점은 찾을 수 없었다. 발만 빼고 모두 누런색인 고양이는 담벼락 위로 훌쩍 뛰어오르더니 나를 향해 느릿하게 고개를 돌렸다. 뚱뚱한 배와 사나운 눈매, 실룩이는 코,

모든 게 평소와 같았다.

냐아앙!

고양이가 나를 보며 앙칼지게 울었다. 아마도 나를 위협하는 소리일 것이다. 그러고는 이내 관심 없다는 듯 좁은 담벼락 위를 사뿐사뿐 걸어갔다. 흔들리는 꼬리가 금세 시야에서 사라졌다. 나는 아무 일도 없었던 것처럼 다시 학교로 향했다. 하지만 내 관찰력에 대한 의심이 자꾸만 커졌다.

아니다. 이렇게 실망만 하고 있어서는 안 된다. 뭐라도 해야 한다. 형사 할아버지가 말하지 않았던가. 가만히 있는 것보다 뭐라도 하는 게 낫다고. 나는 주변을 유심히 관찰하며 평소와 다른 것들을 찾아내려고 열심히 노력했다.

오늘은 평소와 다르게 입 옆에 점이 있네. 마치 김이 묻은 것 같지만 나의 뛰어난 관찰력으로 점이란 걸 알았어.

내 말에 가방을 정리하던 짝꿍이 미묘한 표정을 지었다.

"입 옆에 점은 원래부터 있었거든? 너 지금 나 점 있다고 놀리는 거야? 아침부터 왜 갑자기 시비야?"

오늘은 평소와 다르게 배가 볼록하네. 나의 뛰어난 관찰력으로 판단하건대 시리얼을 1회 제공량 이상 먹은 게 틀림없어. 우리 옆집 아저씨가 그렇거든.

내 뒤에 앉은 여자아이가 두 눈을 부라리더니 퍽, 하고 내 의자를 발로 찼다.

"그래, 나 살쪘다! 다이어트 중인데도 어젯밤에 치킨 시켜 먹었다! 그래서 뭐, 옆집 아저씨? 너 지금 나랑 싸우자는 거지?"

오늘은 평소와 다르게 안경을 썼네. 나의 뛰어난 관찰력으로 너는 안경이 안 어울린다는 걸 알 수 있어.

내 앞에 앉은 남자아이가 어이없는 표정을 지었다.

"무슨 소리야, 나 초등학교 3학년 때부터 안경 꼈는데. 다른 사람한테 관심 없는 줄은 알았지만 너무한 거 아니냐? 그래도 네 앞자리에 앉은 게 벌써 석 달째인데."

나는 위기에 봉착했다. 관찰력을 기르기 위해 노력했을 뿐인데 아이들이 하나같이 씨근덕거리며 나를 노려봤다. 분위기가 싸늘해졌다. 내가 우물쭈물하고 있을 때 반장이 조용히 자리에서 일어나 손짓을 했다. 나의 뛰어난 관찰력에 의하면 저건 따라 나오라는 뜻이다.

"이 사태의 원인이 관찰력을 기르는 훈련이라고?"

내 설명을 들은 반장이 눈썹을 찌푸리며 물었다. 역시 국어 성적이 으뜸이니 이해력도 빠르다. 나는 다시 한번 고개를 크게 끄덕였다. 하아, 짧은 한숨을 쉰 반장이 다시 똑바로 서서 나를 바라보았다.

"앞으로 관찰력 기르는 훈련은 마음속으로만 해, 혼자서."

그러면 내 관찰력이 맞는지 틀린지 모르잖아. 상대에게 확인하는 게 훨씬 효과적이야.

"관찰력을 기르기 전에 애들한테 맞을 것 같으니까 하는 말이지."

학교폭력 반대. 신고 전화는 국번 없이 117, 문자는 #0117.

"어쨌든 나랑 약속하는 거야. 다른 애들한테는 말하지 않기로. 대신 네가 관찰한 걸 나한테 얘기해. 그럼 내가 맞는지 틀린지 말해 줄게."

반장은 관찰력 좋아?

"이래 봬도 내가 다른 그림 찾기의 여왕이야."

다른 그림 찾기가 어느 나라인지는 몰라도 반장이 여왕이라니 부러웠다. 여왕은 살인범에게 쫓길 일 따위는 없을 테니까.

"그건 그렇고 토요일에는 몇 시에 볼까?"

아!

그제야 반장과 했던 약속이 떠올랐다. 나는 곰곰이 생각에 잠겼다. 토요일은 아침 10시까지 일정이 꽉 차 있다. 일어나서 세수를 하고 시리얼을 먹은 뒤 양치를 하고 텔레비전을 보는 일정이다.

10시 23분.

내 대답에 반장의 표정이 변했다. "23분?"이라고 되묻기에 나는 반장이 제대로 못 봤나 싶어 고개를 *끄*덕이며 다시 휴대폰 화면을 내밀었다.

"알았어. 내가 10시 23분까지 너희 집으로 데리러 갈게."

어째서 우리 집으로 데리러 온다는 것인지는 알 수 없었지만 일단 나는 고개를 끄덕였다. 그러고는 다시 휴대폰을 내밀었다.

그럼 10시 7분.

"……알았어."

은테 안경 너머로 반장의 눈동자가 나를 쏘아보는 것 같았다.

"햄버거 산다는 약속이나 잊지 마."

나는 다시 한번 고개를 끄덕였다. 그러고 보니 저금통을 열어 본다는 걸 깜빡했다. 오늘은 잊지 않고 용돈이 얼마 있는지 돼지 저금통의 배를 갈라 봐야겠다.

띠리링.

나는 휴대폰 화면에 뜬 빨간 동그라미를 보며 뿌듯한 표정을 지었다. '다른 그림 찾기'는 나라가 아니다. 휴대폰 게임이다. 나는 반장의 조언을 받아들여 휴대폰 게임을 시작했다.

처음에는 아무리 봐도 다른 곳을 찾을 수가 없었다. 째깍째깍 시계 소리에 초조함은 점점 더 극에 달했고, 나는 멍하니 휴대폰 화면을 들여다보기만 했다. 내게 주어진 시간이 모두 흐르고 나면 'Lose'라는 글자와 함께 다른 곳 다섯 군데가 표시됐다.

그러면 나는 무척이나 억울하고 미심쩍은 눈으로 빨간 동그라미가 표시된 곳을 노려보곤 했다. 분명 아까 봤던 곳인데, 그때는 다른 점이 없었는데 어디서 갑자기 다른 부분이 나타났을까, 하는 마음으로.

하지만 시간이 흐를수록 실력은 차츰 늘어 갔다. 다섯 군데 중 세 군데 정도는 찾을 수 있게 된 것이다. 물론 아직도 제한 시간 안에 다섯 군데를 모두 찾는 것은 어려웠지만. 그래도 착실히 관찰력이 느는 것 같아 제법 만족스러웠다.

아!

갑자기 돼지 저금통이 생각났다. 반장을 만나기로 한 날이 벌써 내일이다. 나는 반장에게 햄버거를 사야 한다. 그러려면 돈이 필요했다.

아빠가 월요일마다 용돈을 주지만 사실 나는 돈 쓸 일이 거의 없다. 학교에서는 매점에 갈 엄두를 내지 못하기 때문이다. 그곳은 학교에서 가장 붐비는 곳이다. 나는 그렇게 사람이 많은 곳은 좋아하지 않는다.

하굣길에는 아빠가 한눈팔지 말라고 신신당부를 했다. 여기서 한눈을 판다는 말은 진짜로 눈알을 떼어다 돈을 받고 판다는 뜻이 아니다. 집으로 돌아오는 길에 집중해야 하는데 딴 데를 보거나 주의를 돌리면 안 된다는 의미다. 그래서 하굣길에도 딱히 용돈을 쓸 일이 없다.

집으로 돌아온 뒤에는 더더욱 돈 쓸 일이 없다. 아빠가 가져다 둔 과자와 아이스크림이 언제든 풍족하게 쌓여 있기 때문이다. 게다가 나는 아빠 아들이라 다른 손님처럼 과자나 아이스크림을 먹을 때마다 돈을 낼 필요가 없다.

텔레비전의 한 법률 정보 프로그램에서 가족 간에도 돈거래는 정확하게 해야 한다고 했다. 아빠는 저금통을 통째로 내미는 내게 "태의야, 너는 아빠한테 돈을 줄 필요가 없단다. 그건 아빠가 너를 사랑하기 때문이지. 사랑하는 사람에게는 뭐든 해 주고 싶은 법이거든"이라고 말하며 웃었다.

그 말이 잘 이해가 안 되긴 했지만 나는 내심 다행이라고 생각하며 저금통을 도로 제자리에 갖다 놨다. 솔직히 과자나 아이스크림을 먹을 때마다 돈을 낸다면 나는 금방 가난해지고 말 테니까.

분홍색 돼지 저금통을 흔들어 보았다. 동전보다 지폐가 많기 때문인지 달그락거리는 소리는 들리지 않았다. 생각보다 무겁지도 않았다. 책상 서랍에서 칼을 꺼내 막 저금통을 가르려고 하는 순간.

똑똑.

노크 소리가 나고 방문이 열렸다. 문틈 사이로 모습을 드러낸 것은 당연하게도 아빠였다. 나는 고개만 돌려 아빠를 쳐다봤다. 무슨 일이냐는 뜻이다.

"태의야, 내일 아빠랑 같이 편의점에 출……."

평상시처럼 말을 잇던 아빠가 갑자기 입을 다물었다. 그러고는 내 손에 들린 저금통과 칼을 빤히 쳐다봤다. 나는 돼지 저금통의 배에 칼을 가져가며 고개를 저었다. 아빠가 끝까지 말하지는 않았지만 무슨 말을 하려는지 알고 있었기 때문이다.

책상 옆으로 다가온 아빠가 다정하게 말했다.

"정말로 아빠랑 같이 출근하지 않을 거니? 지난주에도 편의점에 안 왔잖아. 새로 나온 요거트아이스크림이 우리 태의를 기다리고 있는데."

멈칫.

나는 돼지의 배를 가르던 신중한 손길을 멈추고 무척 진지한 얼굴로 고민했다. 새로 나온 요거트아이스크림이 뭘까? 플레인요거트 맛일까, 딸기요거트 맛일까. 아니면 치즈요거트 맛일까. 그러나 나는 도리도리 고개를 저었다. 내게는 그보다 중요한 일이 있었으므로.

"태의야, 혹시 전에 만난 아줌마 때문에 그러는 거니? 편의점 건너편에서 카페를 운영하는 사장님 말이야."

나는 다시 기분이 울적해졌다. 이상하게도 그 아줌마만 생각하면 가슴이 따끔거렸다. 아줌마와 웃고 있는 아빠 모습을 보면 숨이 콱 막히기도 했다. 심장이 벌렁벌렁 뛰었다. 아마도 기분이 좋아서 뛰는 건 아닐 것이다.

죽어, 죽어!

꽁꽁 묶어 두었던 기억이 자꾸만 봉지 입구를 벌리고 고개를 내밀려고 했다. 나는 서둘러 봉지를 꽉 묶었다.

"태의야, 아빠가 지금 네 머리를 쓰다듬어도 되겠니?"

나는 또 한 번 고개를 저었다. 몇 번이나 말하지만 나는 다른 사람이 내 머리를 만지는 걸 아주 싫어한다. 그건 아빠라도 마찬가지였다.

"그럼 등은?"

잠깐 고민하던 나는 천천히 고개를 끄덕였다. 조심스럽게 물어보는 아빠의 얼굴이 어쩐지 나처럼 우울해 보였기 때문이다. 아빠가 희미하게 웃으며 내 등을 쓰다듬었다. 나도 모르게 등에 바짝 힘이 들어갔다.

아빠 손은 커다랗다. 내 손보다 3.7센티미터나 더 크다. 그런 아빠의 손이 내 등을 가만히 쓸어내렸다. 몇 번이고 상냥하게. 등에서 서서히 힘이 풀렸다.

"태의야, 혹시 아빠한테 화났니?"

내가 아빠한테 화가 났던가? 가만히 생각해 보았지만 그건 아닌 것 같았다. 그래서 고개를 저었다. 안도의 한숨을 쉰 아빠가 "그런데 왜 아빠랑 같이 출근하지 않으려고 하니? 편의점에 가는 거 좋아하잖아" 하고 물었다.

나는 책상 위에 놓여 있던 휴대폰을 집어 들었다. 화면에는 아직도 'Lose'라는 글자가 반짝이고 있었다. 나는 아빠가 감탄할 만큼 빠른 속도로 자판을 눌렀다.

내일은 반장이랑 만나기로 약속했어요. 그래서 아빠랑 편의점에 출근 못 해요.

아빠가 눈을 휘둥그렇게 떴다. 혹시 잘못 읽은 건 아닌지 몇 번이나 휴대폰을 들여다보더니 아빠는 한참 후에야 입을 열었다.

"친구랑 약속이 있다고?"

친구? 아빠의 말에 잠시 고민했다. 반장을 친구라고 불러도 되는지 몰랐기 때문이다. 우리 사이에 아직 그 정도의 친분은 없는 것 같았다. 나는 '반장'이라고 찍힌 화면을 다시 보여 주었다.

아빠의 눈은 여전히 동그랬다. 아빠의 눈알이 바깥으로 굴러 떨어질 것만 같아서 가슴이 조마조마해졌다. 슬그머니 손을 뻗어 아빠 얼굴 밑에 갖다 댔다. 눈알이 떨어지면 바로 잡을 수 있도록. 방바닥에 떨어져서 먼지가 묻는 것보다는 내가 잡는 게 나을 것 같았다.

"어…… 약속. 그래, 약속."

멍하니 똑같은 말을 반복하던 아빠가 갑자기 환하게 웃었다. 나는 아빠가 걱정스러웠다. 내가 정기적으로 상담을 받는 정신과 의사 선생님은 감정 기복이 심한 건 좋은 게 아니라고 했다. 물론 나에게는 감정 기복이 너무 적어서 좋지 않다고 했지만. 그럼 도대체 어쩌라는 걸까?

"아아, 그래서 저금통을 여는 거니? 돈이 필요하구나?"

나는 고개를 끄덕였다.

내일 반장에게 햄버거를 사 주기로 약속했어요. 그래서 용돈을 꺼내는 거예요.

"그래, 햄버거……. 햄버거 좋지. 아, 그럴 게 아니라 잠깐 기다려 보거라."

아빠가 갑자기 방을 나갔다. 칼은 여전히 돼지 저금통의 배 위에 있었다. 조금만 힘을 주면 배가 갈라지고 돈이 쏟아져 나올 것이다. 그러나 나는 가만히 있었다. 아빠가 잠깐 기다려 보라고 했기 때문이다.

쿠당탕, 요란한 소리가 나고 얼마 지나지 않아 아빠가 다시 내 방으로 돌아왔다. 아빠의 손에는 지갑이 쥐어져 있었다. 그 안에서 5만 원짜리 지폐 한 장을 꺼낸 아빠가 그것을 내 손에 쥐여 주었다.

"저금통은 그냥 두고 이걸로 친구랑 햄버거 사 먹으렴. 다른 거사 줘도 돼."

나는 친구가 아니라 반장이라고 해야 했지만 돈을 쥐고 있어서 휴대폰에 글자를 찍을 수가 없었다. 아빠 덕분에 돼지가 목숨을 구했다. 나는 칼을 내려놓고 저금통을 다시 제자리에 갖다 두었다.

"어디에서 만나기로 했니? 아빠가 데려다줄까?"

나는 5만 원짜리 지폐를 반듯하게 펴서 지갑 안에 넣은 뒤에야 절레절레 고개를 저었다.

반장이 아침 10시 7분까지 우리 집으로 데리러 온다고 했어요.

아빠의 눈이 다시 동그래졌다. 나는 얼른 아빠 얼굴 아래에 손바닥을 펼쳤다. 다행히도 눈알은 굴러 떨어지지 않았다.

카페 사장님

조금 짜증이 났다. 텔레비전을 보고 있는데 아빠가 자꾸만 내 앞을 왔다 갔다 하면서 화면을 가렸기 때문이다. 사람들은 내가 제자리에서 뱅글뱅글 맴을 돌 때마다 정신 사납다고 화를 냈다. 나도 아빠 때문에 정신이 사나웠다.

시계는 벌써 9시 58분을 가리켰다. 아빠가 편의점으로 출근해야 하는 시간이 58분이나 지났다는 말이다. 평일에는 나와 같이 등교를 하느라 아침 8시 30분에 집을 나서지만 주말에는 9시에 출근을 한다. 그런데 아빠는 아직도 집에 있었다.

아빠가 출근하지 않으면 주말 야간 아르바이트생은 퇴근을 못한다. 아르바이트생이 불쌍했다. 대화를 나눠 본 적은 없지만─당연하다. 나는 말을 하지 못하기 때문이다─아빠를 따라 출근할 때 몇 번 마주친 적은 있었다.

올해 대학생이 된 형인데 고등학교 졸업을 하자마자 아빠 편의점에서 일을 시작했다. 그게 벌써 1년이 다 되어 간다. 대학교는 중학교와 달리 등록금이 엄청나게 비싸다. 그래서 대부분의 학생들은 학자금 대출을 신청하고 생활비를 벌기 위해 아르바이트를 한다.

사실 나는 대학에 가고 싶지 않다. 아르바이트를 잘할 자신이 없기 때문이다. 아빠 말에 의하면 아르바이트생은 인사도 잘해야 하고, 눈치도 빨라야 하며, 성실해야 한다. 나는 그 세 가지 모두 자신이 없었다. 차라리 계속 중학생에 머물러 있는 게 나을 것 같았다.

하지만 내 의지와는 상관없이 초등학교를 졸업하고 중학생이 된 것처럼, 나는 아마도 4년 6개월 뒤면 고등학교를 졸업하고 대학생이 되어 있을 것이다. 물론 나를 받아 주는 대학교가 있다면 말이다. 그때까지 인사를 못 하거나 눈치가 없어도 잘할 수 있는 아르바이트가 생겼으면 좋겠다.

내가 빤히 쳐다보자 그제야 내 시선을 눈치챘는지 아빠가 돌아보며 이상하게 웃었다. 입은 웃고 있는데 눈은 웃지 않아 마치 가면을 쓴 것 같았다. 괜히 머리를 쓸어 넘기고 단정하게 잠긴 단추를 다시 뺐다 끼우던 아빠가 조용히 말했다.

"하하하, 아빠가 조금 긴장이 되는구나."

긴장이라는 말은 편안하지 않다는 뜻이다. 아빠가 편안하지 않을 이유가 무엇일까 생각하는데 마침 휴대폰 시계가 '10:00'으로 바뀌었다. 나는 소파에서 일어나 방으로 들어갔다. 옷을 갈아입은 후 잊지 않고 5만 원이 든 지갑도 챙겼다.

띵동.

초인종이 울렸다. 휴대폰 시간을 확인하니 정확하게 10시 7분이었다. 아마도 초인종을 누른 사람은 반장일 것이다. 반장이 조금 마음에 들었다. 나는 시간 약속을 정확하게 지키는 사람을 좋아한다.

그런 의미에서 음악 선생님은 싫었다. 항상 수업 종이 울리고 5분 뒤에야 나타나기 때문이다. 그 5분 동안 나는 멀뚱멀뚱 음악책만 내려다보고 있어야 했다.

"안녕하세요. 태의와 같은 반인 나은수라고 합니다. 오늘 태의랑 약속이 있어서 데리러 왔어요."

"그래, 반갑구나. 태의한테 얘기는 들었단다. 나는 태의 아빠란다."

할머니에게 꾸벅 인사를 하고 현관문을 나서자 대문 앞에서 이야기를 나누고 있는 아빠와 반장이 보였다. 국어를 잘하는 두 사람이다 보니 처음 만났는데도 대화가 매끄럽게 이어졌다.

"들어와서 간식이라도 먹고 가지 않겠니?"

아빠의 옷을 살짝 잡아당겼다. 아빠가 뒤를 돌아보았다. 나는 싫다는 뜻으로 절레절레 고개를 저었다. 간식 먹을 시간이 없었기 때문이다. 아빠의 등 뒤에서 나타난 반장이 내게 "안녕?" 하고 인사했다.

나는 아빠에게 꾸벅 고개를 숙이고는 대문을 나섰다.

"조심해서 다녀오렴. 태의야, 아빠가 머리를 쓰다듬어도 되겠니?"

예전에 아빠와 텔레비전을 봤는데 거기 나오는 남자 배우가 이상한 표정을 지은 적이 있었다. 그 배우는 여덟 살 정도 되는 아이의 자전거를 밀어 주고 있었는데, 손을 뗐는데도 아이 혼자 자전거를 타고 가자 우는 것 같기도 하고 웃는 것 같기도 한 묘한 표정을 지었었다. 아빠는 그것을 감격스러운 표정이라고 했다.

지금 아빠는 그 배우와 똑같은 얼굴을 하고 있었다. 나는 자전거를 타고 있지 않는데도 말이다. 하지만 머리를 만지는 건 싫었다. 내가 고개를 젓자 아빠는 "그럼 어깨를 두드려도 되겠니?" 하고 물었다. 잠깐 생각에 잠겼다가 괜찮다는 뜻으로 고개를 끄덕였다. 아빠가 내 어깨를 꽉 잡았다 놓으면서 "잘 다녀오렴" 하고 다시 한번 인사를 했다. 그러고는 반장을 돌아보았다.

"염치없지만, 우리 태의 잘 부탁한다."

"네, 걱정하지 마세요."

우리 둘은 아빠를 등 뒤에 둔 채 골목길을 걸었다. 대문이 닫히는 소리가 들리지 않아 의아했지만 뒤를 돌아보지는 않았다.

"화장품 가게까지는 걸어서 30분 정도 걸려. 버스나 지하철을

탈까?"

걸어갈래.

문득 처음 만원 지하철에 탔을 때의 악몽이 떠올랐다. 아마도 내가 일곱 살이었던 걸로 기억한다. 그날은 아빠와 동물원에 가기로 한 날이었다. 나는 동물원에서 사자를 만날까 봐 걱정이 되어 잠을 이룰 수가 없었다. 아빠는 밤새도록 내 옆을 지켜 주었다.

그날 아침, 하필이면 차가 고장이 났다. 아빠와 나는 집에서 멀지 않은 지하철역을 향해 나란히 걸었다. 그때까지는 썩 나쁘지 않았다. 나는 지하철이라는 걸 타 본 적이 없었고 약간의 동경마저 갖고 있었기 때문이다.

그날따라 지하철 안에는 사람이 무척 많았다. 시간이 지날수록 사람들은 계속 늘어나기만 했다. 문이 열릴 때마다 인파가 꾸역꾸역 밀고 들어오는 탓에 나는 어느새 아빠와 두어 걸음 떨어지고 말았다.

사람들의 땀 냄새와 화장품 냄새가 뒤섞여 코를 찔렀다. 모르는 사람이 자꾸만 내 몸에 부딪쳐 왔다. 커다란 몸으로 나를 꾹꾹 짓눌렀다. 나는 점점 더 참을 수 없어졌다. 내 눈앞에서 빨간색 매니큐어를 바른 손이 왔다 갔다 했다.

속이 울렁거렸고 얼굴이 하얗게 질렸다. 당장이라도 지하철에서 뛰어내리고 싶었다. 제자리에서 뱅글뱅글 맴을 돌고 싶었지만 몸을 달싹할 수 있는 공간이 없었다.

갑자기 나는 웩, 하고 그 자리에서 토하고 말았다. 내 목구멍을 기어 나온 토사물 냄새가 향수 냄새를 뒤덮었다. "꺄아악!" 가장 먼저 나를 발견한 여자가 비명을 질렀고, 마치 홍해가 갈라지듯 내 주위만 텅 비었다. 발 디딜 틈 하나 없던 곳에 어떻게 그런 공간이 생겼는지는 아직도 의문스럽다.

아빠는 느닷없이 벌어진 천재지변 같은 상황에 당황한 게 틀림없었다. 한동안 멍하니 나를 보고 있다가 한 박자 지나서야 정신을 차리고는 사람들을 향해 꾸벅꾸벅 고개를 숙였다. "죄송합니다, 죄송합니다." 그러고는 내 토사물을 맨손으로 치웠다. 우리는 다음 역에서 내려야만 했고, 그날 동물원에는 가지 못했다. 그때와 같은 악몽은 두 번 다시 겪고 싶지 않았다.

"흠. 그래, 그러지 뭐."

반장은 내 거절에도 크게 개의치 않고 가볍게 고개를 끄덕였다. 우리는 별다른 이야기를 나누지 않으며 침묵 속에서 걸음을 재촉했다. 나는 반장이 조금 더 마음에 들었다. 쓸데없는 질문을 하지 않아서다. 그것은 침묵을 두려워하지 않는다는 뜻이다.

어떤 사람들은 침묵을 견디지 못한다. 주변 공기가 적막에 젖어 드는 기색이 보이면 억지로 말을 걸거나 시답잖은 농담을 던지곤 한다.

나는 오히려 시끄러운 게 싫다. 침묵은 그냥 거기에 가만히 있을 뿐이다. 생각을 방해하지 않는다. 그래서 나는 침묵을 좋아한다. 물론 처음부터 침묵을 좋아한 건 아니다. 내게도 세상의 온갖 소리를 조잘거리던 소란스러운 시절이 있었다.

"저기야. 제법 큰 매장이라서 어쩌면 네가 찾는 향수를 발견할 수 있을지도 모르겠다. 혹시 여기 없으면 길 맞은편에 화장품 가게가 하나 더 있거든. 거기도 가 보자."

나는 고개를 끄덕였다. 반장은 어째서인지 굉장히 의욕적이었다. 반장이 당당하게 화장품 가게의 문을 열고 들어갔다. 매장 직원들이 "반갑습니다" 하고 인사하는 소리가 비죽이 열린 문틈 사이로 흘러나왔다.

나는 지나가는 사람들과 팔이 부딪치지 않도록 한 발 뒤로 물러섰다. 오래지 않아 팔랑거리는 종이를 들고 나오는 반장의 모습이 보였다.

결론부터 말하자면 우리의 모험은 대실패였다. 두 군데의 화장품 가게에서 열여섯 번—중복된 향수를 빼고 나니 고작 열여섯 개밖에 되지 않았다—의 시향을 했는데도 불구하고 내가 찾는 향수는 발견할 수 없었다.

"이에 어엏에 하 어야?"

뭐라고?

반장이 입 안 가득 햄버거를 우물거리며 말했다. 시무룩한 나와 달리 대수롭지 않은 표정의 반장은 햄버거를 씹느라 바빴다.

반장이 콜라를 쭉 빤 뒤 다시 입을 열었다. 아직 점심치고는 이른 시간인 탓에 햄버거 가게는 꽤나 한산했다.

"이제 어떻게 할 거야?"

이번에는 무슨 말을 하는지 알아들을 수 있었다. 그러나 나는 아무런 대답도 할 수가 없었다. 이제 뭘 해야 할지는 나도 알 수 없었기 때문이다. 나는 괜히 햄버거를 한 입 베어 물었다. 그러면 햄버거를 씹는 동안 대답할 시간을 벌 수 있을 것 같았다.

"지난주까지 해서 세 군데나 돌아다녔는데도 찾을 수 없다는 건 네가 그 향을 잘못 기억하고 있는 게 아닐까?"

감자튀김을 집어 먹던 반장이 안경을 밀어 올리려다 멈칫했다. 손가락에 기름이 번들거리는 걸 발견한 탓이다. 검지 대신 새끼손가락으로 안경을 밀어 올린 반장이 다시 나에게 시선을 던졌다.

아니야. 정확하게 기억해.

나는 자신만만하게 대답했다. "그래?" 가볍게 대꾸한 반장이 구깃구깃한 포장지를 내려놓았다. 커다란 햄버거는 어느새 사라지고 없었다. 역시 반장 아빠는 가난해서 햄버거를 사 주지 못하는 게 분명했다. 우리 아빠가 편의점 사장이라서 다행이었다.

"이 근처에 다른 화장품 가게는 없고, 있다 하더라도 우리가 갔던 가게랑 같은 브랜드라 진열되어 있는 향수도 비슷할 거야. 그렇다면 남은 건 백화점인데……."

말끝을 흐리던 반장이 내 트레이에 있는 감자튀김을 슬금슬금

집어 먹으며 말을 이었다. 나는 가난한 아빠를 둔 반장에게 감자튀김을 양보했다. 반장이 트레이를 제 앞으로 끌어당기며 기다란 감자튀김을 잘근잘근 씹었다.

"백화점이 있는 시내까지 나가려면 걸어서는 못 가. 버스를 타도 40분은 걸릴 텐데. 그리고 백화점은 여기랑 달라서 안과 밖이 모두 붐빌 거야. 너…… 괜찮아?"

나는 금세 침울해졌다. 백화점에 얼마나 사람이 많은지 정도는 나도 알고 있었다. 그 속에 들어가는 걸 상상했더니 속이 울렁거려 햄버거가 더 이상 목구멍으로 넘어가지 않았다. 나는 반쯤 남은 햄버거를 도로 내려놓았다.

"그런데 도대체 왜 꼭 그 향수여야 해? 아니, 그 전에 향수는 왜 찾는 거야?"

말할 수 없어.

나는 반장을 위해 입을 다물었다. 드라마에서 보면 우연히 살인범에 대해 알게 된 주인공의 주변 인물이 살해되는 경우가 있었기 때문이다. 어느 날 갑자기 반장의 시체를 발견하고 싶지는 않았다. 그래서 살인범에 대한 이야기는 나만 알고 있기로 했다.

"흐음."

뭔가 못마땅한 듯 눈살을 찌푸리던 반장이 갑자기 "아!" 하고 소리쳤다. 안경 너머의 갈색 눈동자가 반짝였다.

"그러고 보니 아직 고맙다는 말은 못 들었어. 그것도 조건이었던 거 기억하지?"

반장이 기필코 내게 그 말을 듣고야 말겠다는 듯 테이블에 몸을 기대며 나를 빤히 쳐다봤다. 나는 그 시선이 부담스러워 잠시 허공을 바라보았다. 반장은 아무 말도 하지 않았지만 그 침묵이 마치 나를 닦달하는 것 같았다.

그래, 약속은 약속이다. 아빠가 사나이라면 한 번 한 약속은 꼭 지켜야 한다고 했다. 나는 사나이다. 으음, 아마도 그럴 것이다. 확신할 수는 없지만.

도와줘서 고마워.

"뭘 이 정도 가지고. 나도 햄버거 잘 먹었어. 고마워."

반장이 이를 드러내며 씩 웃었다. 그렇게 웃으니 학교에서 보는 반장과는 사뭇 다른 느낌이었다. 학교에서는 점잖은 모범생인데 지금은 장난꾸러기 같았다.

"혹시 다음에도 도움이 필요하면 언제든 말해 줘. 나도 꽤 재미있었으니까. 햄버거만 사 주면 언제든지 콜!"

다시 한번 생각하는 것이지만 반장의 아빠는 햄버거도 못 사 줄 만큼 가난한 게 틀림없었다.

그날 밤, 집으로 돌아온 아빠는 뭐가 그리 바쁜지 곧장 내 방으로 달려왔다. 평소와 달리 노크하는 것도 잊은 채. 아빠가 방문을 벌컥 열었을 때 나는 마침 저금통의 배를 가르는 중이었다.

백화점까지는 택시비가 얼마나 나올까?

"오늘 친구랑 재미있게 놀았니?"

나는 잠시 고민했다. 아빠의 질문에는 세 가지 문제가 있었다. 첫째, 반장과는 나 사이에는 친구라고 부를 만큼의 친분이 없었다. 둘째, 우리는 논 것이 아니다. 본인은 잘 모르겠지만 반장은 나의 수사를 도와주었다. 셋째, 재미있었냐는 질문에 무어라 대답해야 할지 알 수 없었다. 재미있었는지 없었는지에 대해서는 한 번도 생각해 보지 않았기 때문이다.

내 침묵이 길어지자 아빠가 "나쁘진 않았던 모양이구나?" 하고 웃었다. 나쁘지는 않았다? 나는 그 말에 비로소 고개를 끄덕였다. 아빠가 조금 더 환하게 웃었다. 눈꼬리가 축 처지고 입이 한껏 벌어졌다. 누가 보면 반장과 놀다 온 것이 아빠인 줄 알겠다.

잘래요.

이야기가 길어지면 아빠가 꼬치꼬치 캐물을까 봐 나는 돼지 저금통의 배를 가르는 걸 포기하고 억지로 하품을 했다. 내가 비척비척 침대로 걸어가자 눈썹을 들썩인 아빠가 "그래, 피곤하겠구나. 어서 자렴"이라며 한발 물러섰다.

나는 눈을 꼭 감았다. 아빠가 불을 끄고 조용히 방을 나가는 소리가 들렸다. 마지막 인사가 내 곁으로 날아와 이불 위에 내려앉았다.

"좋은 꿈 꾸렴, 태의야."

아빠는 나에게 늘 좋은 꿈을 꾸라고 했다. 사실 나는 꿈을 자주

꾸는 편이 아니다. 아니, 꿈은 꾸지만 눈을 뜨고 나면 하나도 기억하지 못한다는 게 좀 더 정확한 표현일 것이다. 대부분의 사람들이 그렇듯이.

그래도 오늘은 어쩐지 좋은 꿈을 꿀 수 있을 것 같았다. 이왕이면 살인범이 경찰에 잡히는 꿈이었으면 좋겠다고 생각하며 나른한 꿈속으로 빠져들었다.

"오늘은 어떻게 할래? 아빠랑 같이 편의점으로 출근할 거니, 태의야?"

오늘은 일요일이다. 출근 준비를 하던 아빠가 텔레비전을 보고 있는 나에게 시선을 던졌다. 텔레비전에서는 남극에 사는 황제펭귄이 나오는 다큐멘터리가 방송되고 있었다. 이미 한 번 봤던 내용이지만 나는 처음 보는 것처럼 화면에 집중했다.

황제펭귄은 부성애가 뛰어난 동물로 유명하다. 암컷이 알을 낳은 뒤 먹이를 구하러 바다로 돌아가면 수컷이 겨우내 알을 품는다. 이때 실수로 알을 몸에서 떨어뜨리기라도 하면 아기 펭귄은 영원히 부화하지 못한다. 남극의 겨울은 영하 50도라 가혹한 추위에 노출된 알은 그대로 얼고 만다.

그래서 아빠 펭귄은 알을 품는 동안 먹지도 마시지도 않는다. 발밑에 쌓인 눈만 먹으며 4개월을 버티면 마침내 아기 펭귄이 태어난다. 알에서 깨어난 아기 펭귄은 아빠에게 밥을 달라고 마구

조른다. 그러면 아빠 펭귄은 그동안 위 속에 넣어 둔 물고기를 토해 내 아기 펭귄에게 먹인다.

아빠는 마치 황제펭귄 같았다. 내가 머릿속이 혼란스러워 뱅글뱅글 맴을 돌거나 제자리에서 방방 뛸 때, 혹은 열이 나서 밤새도록 아플 때면 내 곁에서 한시도 떨어지지 않기 때문이다. 할머니가 아빠에게 "뭐라도 좀 먹으면서 있지 그러누. 그러다 애비 너까지 탈 날라" 하고 잔소리를 해도 아빠는 말없이 내 곁을 지켰다.

아, 그리고 보니 아빠는 생선을 좋아했다! 그중에서 특히 고등어와 갈치를 좋아했는데, 가시 바르는 게 힘들어서 생선을 먹지 않는 나에게 늘 살점을 발라 숟가락 위에 올려 주곤 했다.

혹시 아빠는 나 때문에 생선을 먹는 것일까?

어쩌면 아빠의 위 속에는 내게 주기 위한 물고기가 보관되어 있는지도 모른다. 나는 희미하게 미간을 찌푸렸다.

나는 아무리 배가 고파도 아빠가 토한 물고기는 먹고 싶지 않아요.

내 말에 뜬금없다는 표정을 짓던 아빠가 뒤늦게 텔레비전 화면을 돌아보며 "아아" 하고 고개를 끄덕였다. 아빠의 웃음소리가 귀를 간질였다.

"걱정 말거라. 우리 태의에게는 토한 물고기 대신 요거트아이스크림을 줄 테니."

그건 좋아요.

아쉽게도 어젯밤에는 살인범이 잡히는 꿈을 꾸지 못했다. 그리고 오늘은 더 이상 할 일이 없기도 했다. 나는 그제야 천천히 고개를 끄덕였다. 한참이나 늦은 대답이었다.

아빠는 눈치가 빠르다. 늘 그런 것은 아니지만 대체로 내 마음을 금방 알아차린다. 어떨 때는 나보다 더 빨리 내 마음을 눈치채기도 한다. 아빠는 편의점 사장님이 아니라 아르바이트를 해도 잘했을 것이다.

"좋아, 그럼 지금 당장 출근 준비를 하자꾸나."

나는 곧장 옷을 갈아입고 가방을 싸기 시작했다. 심심할 때 읽을 공룡 도감과 휴대폰, 지갑, 별자리 신화가 담긴 만화책을 챙겼다. 그러고는 더 담을 것이 없나 하고 내 방을 둘러보았다.

쌍안경이 있으면 좋을 텐데. 내 보물 1호가 없다는 사실이 무척이나 아쉬웠다. 지나가는 사람을 쌍안경으로 관찰하다 편의점에 들어오는 손님인지 아닌지 맞히는 것도 꽤 재미있는 놀이였다.

"다녀오겠습니다."

아빠가 할머니에게 인사하고 먼저 현관문을 나섰다. 역시 아빠는 인사를 잘한다. 눈치도 빠르고 인사도 잘하니 이미 반은 먹고 들어갔을 것이다. 나중에 내가 대학교에 입학하면 아빠가 나 대신 아르바이트를 해 주면 좋을 것 같다는 생각이 들었다. 이따가 아빠한테 한번 물어봐야겠다.

나는 할머니에게 꾸벅 허리를 숙이고는 아빠 뒤를 따라 집을 나섰다. 아빠는 무척이나 기분이 좋아 보였다. 어쩌면 오랜만에 나랑 같이 출근을 해서 그런지도 모른다. 아빠는 나랑 노는 걸 좋아하니까.

"얼마 전까지 그렇게 덥더니 어느새 가을인가 보구나. 단풍나무가 새빨갛게 물든 것을 보니 말이야. 예쁘지 않니, 태의야? 저기 한번 보렴. 바람에 흔들리는 단풍잎이 마치 넘실거리는 붉은 바다 같구나. 음, 저쪽에 있는 은행나무는 이미 노란 물결이구나. 나무마다 다른 색을 낸다는 게 참 신기하지?"

사실은 나무마다 다른 색을 내는 게 아니에요. 단풍은 엽록소가 분해되고 안토사이아닌이라는 홍색소를 생성하는 과정인데, 이 홍색소가 많은 나무는 붉은색에 가깝게, 적은 나무는 노란색에 가깝게 바뀌는 거예요. 그러니까 사실은 똑같은 현상인 거죠.

나는 얼마 전 책에서 읽은 사실을 아빠에게 설명해 주었다. 아무 말 없이 내 휴대폰 화면을 들여다보던 아빠가 한참 후에야 "그렇구나" 하고 고개를 끄덕였다. 어쩐지 아빠의 표정이 이상했다. 마치 내가 적어 낸 답안지를 보던 국어 선생님 같은 표정이었다.

'국어 선생님'이라는 말을 하는 순간 번뜩 떠오르는 생각이 있었다. 나는 얼른 한마디를 덧붙였다.

단풍나무가 붉은 바다 같다는 건 비유법이에요. 진짜 바다가 아니라 바람에 흔들리는 나뭇잎을 파도에 비유한 거죠. 저도 알아요.

나는 제법 의기양양했다. 내 국어 실력이 조금 향상된 기분이었다. 어쩌면 이번 기말고사에서는 꼴찌를 하지 않을지도 모른다.

다시 휴대폰을 들여다보던 아빠가 역시나 한참 후에야 고개를 끄덕였다.

"그래, 맞아. 비유법이란다. 하지만 아빠는……."

거기까지 말하던 아빠가 머리를 긁적였다. 그러다 "아직 우리 태의에게는 너무 이르려나?" 하는 혼잣말을 중얼거리고는 씩 웃었다.

"열심히 공부한 모양이구나. 아주 똑똑하다, 태의야. 하지만 길을 걸으면서 휴대폰을 하는 건 똑똑하지 않은 습관이란다."

갑자기 아빠가 한 팔을 쑥 뻗었다. 나는 아빠의 손바닥에 머리를 콩 찧었다. 만약 아빠가 손을 내밀지 않았다면 '매일매일 반값 할인!'이라고 적힌 간판에 머리를 박았을 것이다.

나는 휴대폰을 슬그머니 주머니에 집어넣었다. 사실 나는 아픈 게 싫다. 이건 비밀이지만 나는 아직도 주사를 무서워한다. 그래서 몸이 아파도 아프지 않은 척을 한다. 하지만 아빠는 눈치가 빠르기 때문에 아픈 걸 금세 알아차리고 나를 병원으로 데리고 간다. 나는 아마 평생 아빠를 속일 수 없을 것이다.

아빠와 교대를 하던 아르바이트 형이 나한테 "어? 태의구나. 오랜만이네?" 하고 인사했다. 나는 형에게 꾸벅 고개를 숙였다. 어쨌든 인사는 잘해야 한다. 어딜 가든 반은 먹고 들어가기 때문이다.

편의점에서의 하루는 평범하게 흘러갔다. 나는 이런 날이 좋았다. 특별한 사건이나 사고 없이 지루한 날들이. 지루하다는 건 국어 보충수업을 하지 않아도 된다는 뜻이고, 시금치가 나오는 급식을 억지로 먹지 않아도 된다는 뜻이며, 땀을 흘리면서 체육 수업을 하지 않아도 된다는 뜻이다. 국어나 시금치, 체육은 전혀 지루한 일이 아니다. 그래서 나는 지루한 날들이 좋았다.

오늘따라 유독 손님이 적은 것 같았다. 나는 슬그머니 걱정이 되기 시작했다. 이렇게 장사가 안 되면 금방 가난해지는 게 아닐까? 그러면 나도 반장처럼 다른 사람한테 햄버거를 얻어먹어야 할지도 모른다. 하지만 나에게는 친구가 없다. 결국 나는 평생 햄버거를 먹지 못하게 될 것이다. 그건 정말 우울한 일이었다.

게다가 편의점이 망해서 아빠가 돈을 벌지 못하고 백수가 되면 스무 살 생일에 천체망원경을 사 달라는 소원도 말할 수 없다. 이미 쌍안경도 잃어버렸는데 천체망원경마저 가지지 못한다면 나는 평생 맨눈으로 별을 볼 수밖에 없을 것이다. 그건 평생 햄버거를 먹지 못하는 것보다 훨씬 더 우울한 일이었다.

그런데 아빠는 내 속도 모르고 자꾸만 태평한 소리를 했다.

"어제 친구랑 외출해서 뭘 했니? 햄버거는 맛있었어? 또 같이 놀러 가자고 하지는 않던? 친구도 재밌었다고 했니? 요즘 아이들은 뭘 하고 노는지 궁금하구나. 아빠 때는 말이야, 오락실이랑 노래방이 유행이었단다."

나는 아빠의 물음에 한마디 대꾸도 하지 않고 멍하니 창밖만 내다보았다. 사람들은 하나같이 바쁘게 움직였다. 저 많은 사람이 모두 우리 편의점에 들어오면 금방 부자가 되어서 햄버거나 천체 망원경 걱정 같은 건 하지 않아도 될 텐데. 사람들은 그저 편의점을 스쳐 지나가기만 할 뿐이었다.

딸랑.

그런데 그 순간 문에 달린 방울이 영롱한 소리를 냈다. 나는 기쁜 마음으로 고개를 돌렸다.

"안녕?"

편의점으로 들어온 사람은 손님이 아니었다. 나는 빙긋 웃고 있는 여자를 보며 희미하게 눈살을 찌푸렸다.

"아, 미선 씨. 어서 와요. 어쩐 일인가요? 오늘은 쉬는 날 아니었던가요?"

아빠가 의자에서 일어나며 알은체를 했다. 카페 사장님의 이름이 미선인 모양이었다. 아빠는 내게만이 아니라 사장님에게도 궁금한 게 많았다. 내 눈치를 살핀 아빠가 "태의야, 누군지 알지? 건너편 카페 사장님이란다. 인사드려야지" 하고 말했다.

사실 나는 딱히 인사를 하고 싶은 기분이 아니었다. 하지만 이미 인사에 길들여진 내 몸은 착실하게 고개를 숙이고 있었다.

킁킁.

그때 달콤한 냄새가 콧속을 파고들었다. 내 눈동자가 냄새를 따라 도르륵 움직였다. "호호호." 내 행동에 카페 사장님이 웃음을 터뜨렸다.

"태의가 온다고 해서 딸기타르트를 구웠는데 먹어 보겠니? 네가 요거트를 좋아한다고 들어서 우리 가게 비장의 메뉴, 요거트스무디도 가져왔단다."

귀가 쫑긋거렸다. 요거트스무디라니! 카페에서 파는 요거트스무디는 직접 얼음을 갈아 만들기 때문에 편의점에서 파는 요거트음료와는 차원이 달랐다. 게다가 딸기타르트는 내가 세상에서 열세 번째로 좋아하는 음식이다. 딸기가 들어가는 건 뭐든 좋았다. 딸기요거트, 딸기타르트, 딸기케이크, 딸기우유, 딸기아이스크림 등등.

답답하던 가슴이 조금 편해졌다. 사장님이 아빠에게 플라스틱컵을 내밀었다.

"사장님은 아이스아메리카노. 단 건 안 좋아하시죠?"

"이거 매번 고맙습니다. 번번이 얻어먹기만 해서."

아빠가 뒤통수를 긁적이며 커피를 받아 들었다. 하지만 나는 선뜻 손을 뻗지 못하고 머뭇거렸다. 요거트스무디와 딸기타르트를 먹어도 좋을지 알 수 없었기 때문이다. 힐끔, 눈동자만 돌려 카페 사장님을 바라보았다. 눈이 마주쳤다. 사장님이 빙긋 웃었다.

눈꼬리가 축 처지고 입술 끝이 살짝 올라간 사장님은 아빠와 비슷한 얼굴이 되었다. 그건 마음이 놓이는 얼굴이다. 나는 사장님의 손톱도 살폈다. 다행히 매니큐어의 흔적 없이 깔끔했다. 그제야 나는 멈칫멈칫 손을 뻗었다. 그리고 요거트스무디를 한 모금 마셨다.

맛있어!

요거트스무디는 적당히 달콤하고 적당히 새콤하며 적당히 시원했다. 이번에는 딸기타르트를 한 입 깨물었다. 딸기의 새콤한 맛과 크림의 달콤한 맛, 타르트의 빽빽한 식감이 어우러져 완벽한 맛의 삼중주를 연주했다! 이런 표현은 요리 경연 프로그램에서 본 적이 있었다. 주로 심사 위원들이 하는 말이다.

나는 사장님을 힐끔거렸다. 계속 나를 지켜보고 있었는지 금방 눈이 마주쳤다. 사장님이 습관인 양 빙긋하고 웃었다. 눈매가 손톱처럼 동그래졌다. 어쩐지 조금 전보다 예쁘게 보였다. 순식간에 타르트를 먹어 치운 나는 요거트를 쪽쪽 빨다가 나도 모르게 인상을 찌푸리고 말았다.

"왜 그러니, 태의야?

아빠가 걱정스러운 얼굴로 나를 돌아봤다. 나는 아무것도 아니라는 듯 고개를 저었다. 그저 한꺼번에 찬 음료를 들이켜서 머리가 띵했을 뿐이다.

"천천히 마시거라."

아빠가 걱정스럽게 덧붙였다. 하지만 나는 요거트스무디를 포기하지 않았다. 마지막 한 모금까지 쪽쪽 빨아 마시고 난 뒤에야 빈 플라스틱 컵을 내려놓았다. 하아, 만족스러운 한숨이 흘러나왔다.

"맛있었니?"

카페 사장님이 물었다. 나는 사장님의 눈을 보지 않았다. 성인 여자의 눈을 마주 보는 건 내게 익숙하지 않은 일이다. 나는 사장님의 어깨쯤을 바라보다 솔직하게 고개를 끄덕였다. 그러고는 힐끔, 눈동자를 들어 사장님을 쳐다보았다.

사장님이 다시 빙긋하고 웃었다. 눈만 마주치면 웃는 이상한 사람이다. 카페 사장님이 살짝 고개를 틀어 아빠를 보더니, 아빠와 눈이 마주치자 또다시 방긋 웃었다. 아빠도 마주 웃는다.

킁킁.

그때 내 코에 익숙한 냄새가 들어왔다. 분명 아까부터 났을 텐데 타르트의 달콤한 냄새에 홀려 미처 알아채지 못했다.

이게 무슨 냄새더라?

나는 얼른 떠오르지 않는 기억에 몇 번 더 킁킁하고 코를 울렸다. 딸기타르트 냄새는 아니다. 요거트스무디 냄새도 아니다.

아!

그 순간 내 머릿속을 번쩍하고 스쳐 지나가는 게 있었다. 이것은 내가 그토록 찾아 헤매던 살인범의 향수 냄새다! 등잔 밑이 어둡다는 말은 이럴 때 쓰는 거다. 아니면 파랑새를 찾아 떠났는데 결국 자신의 집에서 파랑새를 발견했다는 이야기가 더 어울릴까?

나는 향수의 정체를 밝히기 위해 코를 킁킁, 울리며 냄새를 따라갔다. 그런 내 모습은 뽀삐와 비슷했다. 뽀삐는 감나무 집 할머니가 키우는 개다. 사마귀와의 싸움에서 진 푸들 말이다. 나는 뽀삐보다 더 맹렬하게 코를 킁킁거렸다.

"태의야?"

아빠가 당황스러운 듯 나를 불렀다. 한 가지 일에 집중한 나는 아무런 대꾸를 하지 않았다. 냄새를 따라 걸음을 옮기던 내가 마침내 한 곳에 멈추어 섰다. 카페 사장님의 손목이다. 사장님이 어색한 표정으로 나를 내려다보고 있었다.

"태의야, 실례잖니. 어서 이리 와."

아빠가 나를 불렀다. 그러나 나는 다시 한번 코를 킁킁거릴 뿐 아빠에게로 돌아가지 않았다.

분명했다. 살인범의 향수 냄새가 틀림없었다. 나는 진지한 표정으로 카페 사장님을 보았다.

이건 무슨 향수예요?

"향수?"

고개를 갸웃거리던 사장님이 "아아" 하며 방긋 웃었다.

"원래 빵을 구울 때는 향수를 안 뿌리는데, 오늘은 쉬는 날이라 뿌렸지 뭐니."

향수 이름이 뭔지 궁금해요.

"향수 이름? 글쎄, 워낙 여러 개를 사용해서……. 오늘 사용한 게 뭐였더라? 가방에 있는데 정 궁금하면 나랑 같이 카페로 갈래? 타르트도 몇 개 더 남아 있어."

사장님의 제안에 나는 시원스럽게 대답하지 못하고 잠시 머뭇거렸다. 내 머릿속에는 몇 가지 의문이 떠다니고 있었다. 사장님은 여자인데 어째서 남자 향수를 뿌렸을까? 혹시 사장님이 범인은 아닐까? 같은 향수를 쓴다는 이유로 의심하면 안 되지만 그래도 범행이 일어난 시각, 사장님의 알리바이를 확인해 보는 게 좋지 않을까?

만약 사장님이 범인이라면 이미 내가 목격자라는 사실을 알아차렸을 것이다. 그래서 나를 카페로 부르는 걸까? 목격자를 처치하기 위해서?

"태의야?"

아빠가 나를 불렀다. 그제야 나는 골똘한 생각에서 빠져나왔다. 의심스러운 시선으로 카페 사장님을 노려보았다. 사장님의 얼굴에 걸려 있던 미소가 점점 난감한 빛을 띠었다.

2주 전 수요일 밤 9시 47분에는 뭘 하셨어요?

갑작스러운 내 물음에 사장님은 당황한 것처럼 보였다.

역시!

나는 휴대폰에 '112'를 찍었다. 당장이라도 신고를 할 수 있도록. 가슴이 두근두근 뛰었다. 드디어 범인을 잡은 것이다!

앗, 그런데 나는 말을 하지 못하는데 어떻게 신고하지? 아빠한테 해 달라고 할까? 하지만 아빠는 사정을 모르잖아?

내가 고민하는 사이, 사장님이 생각에 잠긴 얼굴로 입을 열었다.

"음, 정확하게는 기억나지 않지만 아마 카페에 있지 않았을까? 카페가 10시에 마감이라 청소를 하고 있었을 것 같은데? 그 시간대에는 나 혼자 근무하기 때문에 가게를 비울 수 없으니 카페에 있었을 거야. 그런데 그게 왜 궁금하니?"

흠.

나는 여전히 의심스러운 눈으로 사장님을 응시했다. 하지만 다시 눈이 마주친 사장님은 조금 전과 같이 스스럼없는 눈웃음을 지었다. 내가 다른 사람의 감정을 잘 알아차리지 못하기는 하지만 왠지 거짓말은 아닌 것 같았다. 게다가 범인은 남자니까.

딸기스무디도 있어요?

"그럼, 물론이지. 쉿, 이건 비밀인데⋯⋯."

카페 사장님이 검지를 입가로 가져가며 목소리를 낮추었다. 그러고는 한쪽 눈을 찡긋 감았다.

"원래 딸기스무디에는 시럽이 들어가거든. 하지만 오늘은 태의를 위해 특별히 생딸기를 준비했단다. 딸기 좋아하지?"

나는 그 말에 귀가 솔깃했다. 하지만 돌다리도 두들겨 보고 건너야 한다. 나는 신중하게 질문을 던졌다.

타르트는 몇 개나 더 있어요?

"음, 일곱 개나 더 있는데 다 먹지는 못하겠지?"

먹을 수 있어요.

"정말? 역시 성장기 남자아이는 먹성이 좋구나. 좋아! 그럼 우리 같이 카페로 갈까?"

사장님이 잔뜩 신이 난 얼굴로 앞장을 섰다. 그 뒤를 졸졸 쫓아가다가 문득 아빠 생각이 나서 고개를 돌렸다.

아빠도 같이 갈래요?

"아빠는 커피로 충분하단다. 아빠 몫까지 맛있게 먹으렴."

다행이었다. 아빠에게 타르트 하나 정도는 양보할 수 있지만 두 개 이상 먹는다고 하면 우울해질 것 같았기 때문이다. 아빠가 허락했으니 일곱 개의 타르트는 모두 나의 몫이었다.

"잘 다녀오렴, 태의야."

딸랑.

편의점 문이 열렸다가 다시 닫혔다. 내가 카페에서 딸기스무디와 타르트를 먹는 동안 우리 편의점에도 손님이 많이 오면 좋겠다. 그러면 스무 살 생일에 천체망원경을 사 달라는 소원을 말할 수 있을 테니까.

범인

"그래서 그 향수 이름이 뭐라고?"

반장이 내 앞자리에 앉더니 대뜸 뒤를 돌아보았다. 나는 휴대폰 화면을 빤히 쳐다보았다. 조금 전에 보낸 메시지가 제대로 도착한 모양이었다. 반장이 책가방을 내려놓자마자 내 자리로 온 것을 보면 말이다.

반장의 표정은 어딘지 조금 불만스러워 보였다. 아마도 더 이상 햄버거를 얻어먹을 수 없어서 그럴 것이다. 반장 아빠도 돈을 많이 벌어서 반장의 스무 살 생일에는 햄버거를 잔뜩 사 줄 수 있으면 좋겠다.

허니트랩이라고 했어.

"허니트랩? 그런 향수가 있었나?"

반장이 작게 중얼거리며 고개를 갸웃거렸다. 물음표로 끝나는 말이지만 내게 하는 질문은 아니었다. 나도 이제 그쯤은 안다. 어쩌면 이번 기말고사에서는 국어 성적이 엄청 오를지도 모르겠다. 나도 모르게 뻐기는 듯한 표정이 되었다.

"어떻게 알게 된 거니? 화장품 가게 세 군데를 돌았는데도 찾지 못했던 향수잖아."

카페 사장님이 알려 줬어.

사실 향수 이름을 안다고 당장 달라지는 것은 없었다. 그 향수를 범인만 사용하는 것도 아니고, 향수가 범인이 있는 곳을 알려 주는 것도 아니었다. 하지만 그건 끈질긴 수사의 결과이자 노력의 결실이었다.

어쨌든 나는 며칠 전보다 범인에 대해 많은 걸 알고 있었고, 정보가 많으면 많을수록 용의자는 줄어들 것이다. 이제는 마지막 냄새, 코끝을 툭 치던 독한 냄새의 정체만 밝혀내면 된다.

"카페 사장님이 왜? 아니, 그보다 그 사장님이랑 친해? 단골 카페가 있어, 중학생이?"

반장의 표정이 점점 더 이상하게 변했다. 가끔 내 말을 이해하지 못하는 국어 선생님 같은 얼굴이다. 나는 반장이 왁, 하고 쏟아 낸 질문의 답을 생각하느라 더 이상 표정을 살필 여유가 없었다.

사장님과 친했나? 아니다. 나는 사장님과 친분이 없었다. 물론 딸기스무디 두 잔과 딸기타르트 여덟 조각을 얻어먹기는 했지만. 그렇다고 없던 친분이 생기는 것은 아니었다. 잠깐 고민하다가 나는 사실대로 말하기로 했다.

아니, 우리 아빠랑 친해. 나는 단골 카페가 없어.

"응, 그렇구나."

그러고 보니 카페 사장님에게 왜 남자 향수를 뿌리고 다니는지 물어보지 못했다. 그걸 묻는 것은 실례일까? 아빠는 나에게 카페 사장님께 실례되는 행동을 하면 안 된다고 말했다. 사실 나는 무엇이 실례이고, 무엇이 실례가 아닌지 잘 모른다.

아!

어쩌면 반장은 알지도 모른다. 반장은 나보다 훨씬 공부를 잘하고 도덕 성적도 높기 때문이다.

사장님한테 왜 남자 향수를 사용하는지 물어보는 건 실례일까?

"아, 사장님이 여자분이셔?"

나는 고개를 끄덕였다. "음" 하고 잠시 생각에 잠겨 있던 반장이 금세 답을 찾은 듯 나를 바라봤다.

"글쎄. 친한 사이에는 딱히 문제가 될 것 없는 질문이긴 한데, 안 친한 사이에 하기에는 조금 언짢을 수도 있지. 내 취향을 남이 지적하는 것 같아서 말이야."

역시 반장은 똑똑하다!

"너희 아버지랑은 친한데 너랑은 안 친해?"

반장의 질문에 나는 눈을 동그랗게 떴다. "사장님 말이야" 하고 반장이 한마디를 덧붙였다. 나는 천천히 고개를 끄덕였다. 어쩐

일인지 휴대폰 위를 날아다니는 손가락이 움직이지 않았다. 한참 후에야 나는 반장에게 휴대폰을 내밀었다.

안 친한 것 같아. 딸기스무디 두 잔이랑 딸기타르트 여덟 조각을 얻어먹기는 했는데 친하지는 않아.

"와아, 맛있었겠다. 그런 걸 얻어먹을 정도면 친한 거 아닌가?"

아니야. 나는 카페 사장님을 보면 기분이 우울해지거든.

"왜?"

몰라.

나는 더 이상 말하고 싶지 않다는 듯 반장의 시선을 피했다. 멀뚱멀뚱 책상만 내려다보고 있으니 반장이 "그냥 사장님을 보기만 해도 우울해져? 아니면 사장님이 너를 괴롭히는 거야?" 하고 물었다.

"사장님이 너를 괴롭히는 거라면 너희 아빠한테 말하는 게 좋지 않을까?"

"어? 거기 내 자린데."

그때 앞자리 주인이 도착했다. 초등학교 3학년 때부터 안경을 썼다는 남자아이다. 반장은 나를 빤히 바라볼 뿐 비켜 줄 생각이 없어 보였다. 가방을 내려놓으며 반장의 눈치를 살피던 남자아이가 "아니야, 앉아 있어. 어차피 나 체육복 빌리러 가야 돼"라는 말을 남긴 채 쌩하니 사라졌다.

이럴 때의 반장은 끈질겼다. 처음 화장품 가게 앞에서 만난 날처럼 대답을 듣지 않으면 자리로 돌아가지 않을 것 같았다. 나는 머뭇머뭇 휴대폰을 두드리기 시작했다.

나를 괴롭히는 건 아니야. 그냥 내가 없는 곳에서 아빠가 카페 사장님과 이야기를 하거나 웃고 있는 모습을 보면 기분이 우울해져.

"아……."

반장의 표정이 또다시 미묘하게 바뀌었다. 그러나 나는 그것이 어떤 표정인지 모른다. 내가 아는 표정 중 그 어떤 것도 반장의 얼굴과 일치하지 않았기 때문이다. 나는 조금 당혹스러워졌다.

"너 혹시 아빠가 사장님을 좋아할까 봐 걱정되는 거야?"

나는 두 눈을 크게 떴다. 그 순간 가슴이 콩닥콩닥 뛰기 시작했다. 호흡이 점점 가빠졌다. 나는 마음을 진정시키기 위해 손가락으로 책상을 빠르게 두드렸다.

"네가 없는 곳에서 웃는 게 싫다는 건 질투잖아."

반장이 모든 걸 꿰뚫어 보는 듯한 눈으로 마지막 쐐기를 박았다. 그와 동시에 귓속에서 삐— 하는 경고음이 울렸다. 나는 서둘러 귀를 틀어막았다. 그러나 이미 늦었다. 그 소리는 순식간에 나를 집어삼켰고 머릿속은 하얗게 변했다. 숨이 턱 막혔다.

쿠당탕.

나는 자리에서 벌떡 일어났다. 의자가 넘어지며 요란한 소리가 났다. 은테 안경 너머의 눈동자가 동그랗게 변했다. 나는 제자리에서 빙글빙글 맴을 돌기 시작했다. 그러면 복잡한 생각들이 정리될 것 같았다.

"태의야, 왜 그래? 괜찮아?"

반장이 걱정스러운 얼굴로 자리에서 일어나 나에게 한 발 다가왔다. 그러고는 나를 잡으려는 듯 손을 뻗었다. 나는 그것이 끔찍하게 싫었다. 그래서 반장을 피해 교실 뒤로 도망갔다. 나는 사물함에 쿵쿵 머리를 박기 시작했다. 귓속을 가득 채우는 이 신경질적인 소리가 없어질 것 같았기 때문이다.

"누가, 누가 가서 선생님 좀 불러 와!"

반장이 크게 소리를 질렀다. 삐— 마치 손톱으로 칠판을 긁는 것 같은, 혹은 고장 난 사이렌 같은 이명이 뇌를 파괴할 듯이 날카롭게 울려 퍼졌다. 소리가 뾰족하게 가시를 세우고 온몸의 세포를 갉아 먹는 것 같은 기분 나쁜 느낌이 들었다. 나는 그 소리가 듣기 싫어서 한층 더 세게 머리를 박았다.

쿵쿵쿵.

"죄송해요, 아저씨. 제가 괜한 말을 해서……. 저 때문이에요."

낯설지 않은 목소리가 귓속을 파고들었다. 흐느낌이 섞인 것 같기도 하고, 침울하게 가라앉은 것 같기도 한 목소리가 뇌세포를 깨웠다. 나는 천천히 눈을 떴다. 그러고 나서야 이제까지 눈을 감고 있었다는 사실을 알아차렸다.

깜빡깜빡.

몇 번 눈꺼풀을 깜빡이는 사이, 시야가 조금씩 선명해졌다. 가장 먼저 하얀 천장이 눈에 들어왔다. 내 방은 아니다. 내 방 천장은 짙은 파란색이다. 그 위에 북두칠성과 사자자리, 천칭자리와 오리온자리가 그려져 있다. 그러니까 여기는 내 방이 아니다.

그런데 어쩐지 익숙한 느낌이 들었다. 가만히 눈동자만 굴려 좌우를 살펴보았다. 베이지색 커튼이 침대를 둘러쌌고, 커튼 너머로 천장과 똑같은 흰 벽이 보였다. 피아노 반주에 맞춰 노래를 부르는 아이들의 목소리가 희미하게 울려 퍼졌다. 나는 이곳이 어딘지 알고 있다.

여기는 학교 보건실이다. 중학생이 된 후 세 번이나 와 본 적이 있었다. 등이 아플 만큼 딱딱한 매트리스를 보니 확실했다. 넉 달 전, 학교 홈페이지에 보건실 매트리스 교체에 대한 건의 사항을 올렸는데도 아직까지 개선이 되지 않은 모양이다.

"아니야, 네 잘못이 아니란다. 걱정하지 말고 수업에 들어가 보렴. 선생님께서 기다리시겠구나."

"예."

커튼 너머에서는 아빠의 목소리도 들렸다. '어째서 우리 학교 보건실에 아빠가 있는 걸까?' 하고 생각하는 사이, 커튼이 흔들리며 아빠가 내 시야 속으로 불쑥 들어왔다. 눈을 크게 뜨던 아빠가 이내 평소처럼 부드럽게 웃었다.

"태의야, 일어났니? 기분은 좀 어떠니?"

그제야 내가 왜 이곳에 있는지 생각났다. 아빠의 눈동자가 내 이마로 향했다. 상냥한 눈매가 살짝 일그러졌다. 그 모습을 보고 나서야 사물함에 박은 머리가 아파왔다. 아빠는 집에서 그랬던 것처럼 침대맡에 앉아 나를 가만히 내려다보았다.

"어디 보자."

아빠가 내 이마 가까이 얼굴을 가져갔다. 콧김이 느껴져 기분이 나빴다. 내가 슬그머니 얼굴을 빼자 아빠가 한발 물러섰다.

"상처가 심한 것 같지는 않구나. 혹은 난 것 같은데 찢어지지는 않았어. 어떠니, 집에 가는 길에 병원에 들를까?"

그때까지 얌전히 누워 있던 나는 아빠가 잘 볼 수 있도록 커다랗게 고개를 저었다. 주사는 싫었다. 아빠가 그럴 줄 알았다는 듯 "하하하" 하고 소리 내어 웃었다. 그러다 이내 웃음을 지우고는 다정한 표정을 지었다.

"태의야, 아빠가 머리를 쓰다듬어도 될까?"

나는 다른 사람이 내 머리를 만지는 게 싫다. 그래서 고개를 저으려고 했지만 "그러면 병원에 가지 않으마"라는 말에 잠깐 멈칫하고 말았다. 주사와 아빠 손, 나는 그 두 가지를 놓고 심각한 고민에 빠졌다. 저울이 우열을 가리지 못하고 기우뚱거리다 마침내 한쪽으로 기울었다.

나는 울며 겨자 먹기로 천천히 고개를 끄덕였다. 아빠의 커다란 손이 머리카락에 닿았다. 움찔, 내 어깨가 제멋대로 떨렸다. 아빠는 섣불리 움직이지 않고 한동안 그대로 가만히 있어 주었다. 그러다 잠시 후, 손가락만 살살 움직여 머리를 쓰다듬었다. 간지러워서 자꾸만 등이 움찔거렸다.

"태의야."

아빠가 나직한 목소리로 내 이름을 불렀다. 나는 눈동자만 데구르르 굴려 아빠를 올려다보았다. 아빠가 내 머리를 쓰다듬으며 물었다.

"아빠가 너보다 카페 사장님을 더 좋아할까 봐 걱정했다는 게 사실이니?"

나는 아무 말도 하지 않았다. 아니, 할 수 없었다는 말이 더욱 정확할 것이다. 어쨌든 나는 10년 가까이 말을 하지 않았고, 지금 내 손에는 휴대폰도 없었기 때문이다.

"아빠는 세상에서 우리 태의를 가장 좋아한단다. 그건 태의, 너도 알고 있지?"

나는 또 한 번 고개를 끄덕였다. 아빠의 담담한 목소리가 이어졌다.

"물론 언젠가는 재혼을 하게 될지도 모르지. 태의가 허락한다면, 아주 나중에 말이다. 우리 태의가 대학을 졸업하고, 취직을 하고, 결혼을 하고 난 다음에. 그래, 그때쯤에는 아빠도 재혼을 할지도 모르겠구나."

아빠는 '내가 허락하면'이라고 했다. 나는 절대 허락하지 않을 것이다. 그러면 아빠는 평생 재혼을 할 수 없다.

"그건 아빠에게 두 번째로 좋아하는 사람이 생긴다는 뜻이지, 태의 너보다 좋아하는 사람이 생긴다는 뜻은 아니란다."

나는 잠자코 아빠를 바라봤다.

"10년 후에도, 20년 후에도, 아빠가 흰머리 할아버지가 되어서도 변하지 않을 사실은, 아빠에게만큼은 언제나 우리 태의가 1등이라는 거란다. 약속할까?"

아빠가 새끼손가락을 내밀었다. 나는 얼른 내 손가락을 아빠의 새끼손가락에 걸었다. 아빠는 약속을 잘 지킨다. 내 열두 번째 생일날 쌍안경을 사 주겠다는 약속도 지켰고, 내가 중학교에 입학하면 휴대폰을 사 주겠다는 약속도 지켰다.

"좋아, 약속."

휴우, 그제야 조금 마음이 놓였다. 아빠가 약속을 했으니 죽을 때까지 아빠의 1등은 나다. 그 말은 아빠가 내게 무관심해질 일도, 나를 버릴 일도 없다는 뜻이다.

"그렇지!"

아빠가 무슨 생각을 했는지 갑자기 커튼 밖으로 나갔다. 그러더니 종이 한 장과 펜을 들고 와 장난꾸러기 같은 표정으로 씩 웃었다. 그건 할머니 몰래 밤새도록 나와 게임을 하던 때의 얼굴과 비슷했다.

슥슥, 아빠가 종이에 그림을 그리기 시작했다. 나는 도대체 무슨 그림인지 궁금해서 더 이상 참지 못하고 아빠의 손가락 너머를 기웃거렸다. 사람 얼굴이었는데 눈, 코, 입이 없는 옆모습이었다. 뇌가 있어야 할 부분에 크고 작은 동그라미가 여러 개 그려져 있었다.

"이게 아빠의 머릿속이란다."

아빠가 내게 그림을 보여 주며 설명했다. 나는 여전히 영문을 알 수 없어 종이에서 눈을 떼지 못했다. 내가 아는 사람의 뇌와는 사뭇 달랐다. 사람의 뇌는 대뇌와 간뇌, 중뇌, 소뇌 등으로 이루어져 있다.

아빠가 뇌의 대부분을 차지한―대충 90퍼센트 정도를 차지했다―동그라미를 가리키며 물었다.

"여기, 아빠 머릿속을 가득 채우는 이 커다란 부분이 뭐일 것 같니?"

나는 고개를 저었다. 정말로 몰랐기 때문이다. 대뇌도 이 정도로 크지는 않았다. 이건 의학계가 발칵 뒤집힐 만한 일이었다. 아빠가 으스대며 말을 이었다.

"이게 태의, 너란다. 아빠는 하루의 대부분을 우리 태의 생각을 하면서 보내거든. 수업은 잘 받고 있을까, 점심은 맛있게 먹었을까, 시금치를 남겨서 혼나는 건 아닐까, 싫어하는 체육은 잘하고 있을까, 친구와 싸우지는 않을까, 청소 시간에 게으름을 피우지는 않을까. 손님이 없는 시간을 태의 생각으로 보낸단다."

아빠 머릿속은 나로 가득 차 있었다. 나는 커다란 동그라미를 뚫어지게 쳐다보았다. 한참 후, 손가락으로 그 옆에 있는 작은 동그라미를 가리켰다.

"응? 이건 뭐냐고?"

나는 고개를 끄덕였다. 아빠는 눈치가 빨라서 굳이 말로 하지 않아도 내 마음을 금세 알아차린다. 확인해 본 적은 없지만 아마 아빠도 반장처럼 국어 성적이 높을 것이다.

"이건 할머니란다. 앗! 이 말은 할머니한테는 비밀이다. 알았지? 할머니가 서운해하실지도 모르잖니."

나는 고개를 끄덕였다. 내가 할머니라도 이렇게 작은 동그라미를 보면 마음이 상할 것 같았다. 나는 그 옆에 있는 점을 가리켰다.

"음, 그건 편의점이겠구나. 장사가 잘돼야 우리 태의가 좋아하는 아이스크림도 많이 사 줄 수 있으니까. 아, 그 옆에 있는 건 건강이란다. 아빠가 건강해야 우리 태의랑 오래오래 살 수 있으니까. 이 나이가 되면 건강에 대한 걱정도 하게 되지."

나는 주위를 둘러봤다. 아빠에게 할 말이 있는데 휴대폰이 보이지 않아서다. 눈치 빠른 아빠가 주머니에서 내 휴대폰을 꺼내 주었다.

그러면 카페 사장님은 어느 거예요?

내 물음에 아빠가 그림을 내려다보며 "으음" 하고 고민스러운 얼굴을 했다. 그러다 뒤통수 아래 가장 작은 점을 가리켰다.

"지금은 이 정도이려나? 물론 호감이 있는 건 사실이지만 아직은 서로 좋은 친구에 가깝거든. 이 나이가 되면 친구 사귈 기회가 많지 않으니까 말이야. 태의, 너랑 은수 같은 친구."

은수는 우리 반 반장이다. 나는 반장과 친구가 아니었지만 굳이 아빠의 말을 정정하지는 않았다. 나는 그보다 더 중요한 생각을 하는 중이었다.

카페 사장님은 아빠에게 일곱 번째로 중요한 사람이었다. 물론 1등은 나다. 내가 아빠의 1등이라면 2등이나 3등은 누가 되든 상관없었다. 2등부터 7등까지 더해 봤자 1등의 반의 반도 안 되었기 때문이다. 비로소 마음이 푹 놓였다. 어느새 내 머릿속을 가득 채우던 이명은 사라지고 없었다.

종이를 내려놓은 아빠가 내 얼굴을 구석구석 살피더니 씩 웃었다. 눈치 빠른 아빠라면 이명이 사라졌다는 사실도 알아차렸을 것이다. 개구쟁이 같은 표정의 아빠가 내 옆구리를 쿡 쑤셨다.

"자, 아빠의 1등은 태의라고 말했는데 우리 태의가 가장 좋아하는 건 누구일까?"

나는 망설임 없이 대답했다. 내가 가장 좋아하는 건.

딸기요거트아이스크림.

아빠의 눈썹이 희미하게 꿈틀거렸다. "뭐, 좋아." 짐짓 가볍게 대꾸한 아빠가 다시 물었다.

"그럼 2등은?"

치즈요거트아이스크림.

"흐음, 아빠는 몇 번째지?"

나는 깊은 생각에 잠겼다. 손가락을 하나씩 꼽으며 내가 좋아하는 것들을 생각했다. 아빠는 망고아이스크림보다는 좋지만 치즈요거트아이스크림보다는 아니다. 나는 꼭꼭 접힌 내 손가락을 보며 대답했다.

세 번째?

"이런 괘씸한 녀석. 딸기요거트아이스크림을 누가 사 주는지도 모르고."

아빠가 내 코를 살짝 비틀었다. 아프지는 않았지만 나는 얼른 고개를 뒤로 빼며 아빠의 손길을 피했다. 아빠가 나를 장난스럽게 흘겨보며 삐치는 시늉을 했다. 그 모습이 우스꽝스러워서 나는 아빠를 향해 활짝 웃었다.

아빠가 두 눈을 크게 떴다. 내가 웃는 모습은 좀처럼 볼 수 없는 광경이기 때문이다. 문득 내가 행복하면 아빠도 행복하다던 말이 떠올랐다. 그 말을 증명이라도 하듯 아빠가 나를 따라 입을 크게 벌리며 웃었다.

"오늘은 선생님께 말씀드리고 이대로 아빠랑 같이 조퇴할까? 가는 길에 아이스크림 가게에 들러서 딸기요거트아이스크림을 먹자. 집에 가서는 펭귄 다큐를 보면서 저녁으로 피자를 시켜 먹는 거야. 어떠니?"

좋아요!

나는 얼른 고개를 끄덕이려다 멈칫했다. 걱정되는 게 한 가지 있었기 때문이다.

편의점은 어떻게 해요?

"음, 편의점? 하루만 쉬지, 뭐. 오늘은 편의점보다 우리 태의랑 같이 놀고 싶거든."

그러다 우리 가난해지면 어쩌죠?

"하루 정도 문을 닫는다고 망하지는 않으니까 걱정 마라. 아빠의 경영 능력을 의심하다니, 요 건방진 꼬마 녀석."

아빠가 눈을 흘기며 자리에서 일어섰다. 의자 위에 있던 내 교복 윗도리를 팔에 걸치고 나를 돌아봤다.

"요거트아이스크림이랑 다큐멘터리, 피자, 그것 외에 또 원하는 게 있니? 태의가 원하는 거라면 뭐든 들어주마. 그러기 위해서 아빠가 있는 거니까."

원하는 거!

기회는 이때였다. 나는 얼른 휴대폰을 내밀었다.

저 대신 아르바이트를 해 주세요.

"응?"

아무리 눈치 빠른 아빠도 가끔 내 말을 알아듣지 못할 때가 있다. 주로 중간 과정 없이 결론으로 훅 넘어갈 때다. 나는 아빠가 알아들을 수 있도록 차근차근 설명하기 시작했다.

대학교에 가면 학자금 대출한 거 갚기 위해서 아르바이트를 해야 하잖아요. 아르바이트를 하려면 인사도 잘하고 눈치도 빨라야 하는데, 전 말을 못하고 눈치가 없어서 아르바이트를 못 할까 봐 걱정돼요. 저 대신 아빠가 아르바이트를 해 주면 안 돼요?

멍하니 휴대폰 화면을 들여다보던 아빠가 돌연히 웃음을 터뜨렸다.

"으하하하!"

커다란 웃음소리가 보건실에 찌렁찌렁 울렸다. 나는 고개를 갸우뚱 기울이며 아빠를 올려다보았다. 아빠가 웃는 이유를 알 수 없었기 때문이다. 나는 지금 아주 심각한 이야기를 하는 중이었다.

"우리 태의가 그런 걱정까지 하고 있는 줄은 미처 몰랐구나. 태의야, 이렇게 하는 건 어떠니?"

아빠가 눈꼬리를 늘어뜨리고 입꼬리를 당기며 나를 쳐다보았다. 저건 기분이 좋을 때 짓는 표정이다.

"태의가 대학교에 입학하면 아빠 편의점에서 아르바이트를 하는 거야. 그럼 아빠는 태의 대신 손님한테 인사를 하고, 눈치 빠르게 손님이 원하는 응대를 하는 거지."

저는요?

"태의는 물건 정리를 잘하잖아? 편의점 물건을 줄 맞춰서 진열하는 거야. 나머지 시간에는 책도 읽고 아빠랑 이야기도 나누는 거지."

그럼 주말에 아빠랑 같이 출근하는 거랑 똑같잖아요. 아르바이트생은 성실해야 돼요. 그래야 사장님한테 잘리지 않아요.

"물론이지. 근로계약서를 작성하면 출근하기 싫어도 정해진 시간 동안에는 편의점에 나와야 하는 거야. 태의도 계약서에 사인을 하고 나면 아르바이트생으로서의 책임을 다해야 하고. 아빠가 태의에게 월급을 주마. 그걸로 학자금 대출을 갚으면 되지 않겠니?"

나는 잠시 고민했다. 그 정도는 나도 할 수 있을 것 같았다. 게다가 아빠는 다른 사장님들처럼 내가 인사를 못하고 눈치가 없다고 해서 금방 자르지는 않을 것 같았다. 아무리 생각해도 내게 이득인 제안이었다. 천천히 고개를 끄덕였다. 마침내 오랜 시간 나를 괴롭히던 고민 하나가 해결되었다.

"미래의 아르바이트생 이태의 군. 미래의 사장님과 함께 아이스크림을 먹으러 가실까요?"

나는 얼른 이불을 걷고 일어났다. 아빠가 소파 위에 있는 내 가방을 둘러메다 "윽" 하고 신음을 흘렸다. 당장이라도 쓰러질 듯 과장스럽게 휘청거렸다.

"태의 네 가방은 항상 무겁구나."

나는 아빠보다 먼저 보건실을 나섰다. 빨리 요거트아이스크림이 먹고 싶었기 때문이다. 달콤하고 시원한 딸기요거트아이스크림을 생각하자 금세 기분이 좋아졌다. 딸기 덩이가 많이 들어 있으면 좋겠다.

카페 사장님은 아빠에게 일곱 번째로 중요한 사람이에요. 물론 1등은 저고요. 카페 사장님과는 그냥 친구 사이라고 했거든요. 그러니까 아빠가 저를 두고 재혼을 하는 건 아니에요.

멀찍이서 휴대폰 화면을 들여다보던 형사 할아버지는 내가 적은 글을 다 읽고 나서야 고개를 끄덕였다.

"그렇고말고. 세상 어느 아버지가 자식보다 사랑하는 사람이 있겠느냐. 자식이 일곱 살 난 아이든, 칠순을 넘긴 노인이든, 아버지에게는 늘 제 자식이 최고란다."

할아버지의 말에 나는 완전히 마음이 놓였다. 나는 지금까지 형사 할아버지와 만나면서 거짓말하는 모습을 보지 못했다. 이번에도 할아버지의 말은 틀리지 않을 것이다. 아빠에게는 내가 최고였다.

"그래서 오늘따라 기분이 좋아 보였던 게로구나? 아버지가 너를 1등이라고 말해 주어서?"

네!!!

나는 긍정의 대답 뒤에 느낌표를 세 개나 넣었다. 느낌표 세 개만큼 기분이 좋았기 때문이다. 어제는 아빠와 아이스크림을 먹고, 펭귄 다큐멘터리를 보면서 피자를 시켜 먹었다. 그것도 내가 가장 좋아하는 불고기피자였다. 물론 아빠보다는 좋아하지 않지만.

그래서 오늘 아침, 교실에서 만난 반장이 "미안해. 네가 그렇게 놀랄 줄 몰랐어"라고 사과했을 때도 나는 도망가지 않고 그 자리에 서서 고개를 끄덕였다.

반장이 울먹거리는 눈으로 나를 보며 "이마는 괜찮아?" 하고 물었다. 나는 또다시 고개를 끄덕였다. 정말로 이마는 괜찮았다. 병원에 가지 않아서 더 괜찮았다. 만약 주사를 맞았다면 나는 등교조차 할 수 없었을 것이다.

"학생은 참으로 좋은 아버지를 두었구먼."

할아버지가 길 건너 허공을 바라보며 작게 속삭였다. 나는 고개를 갸웃거렸다. 할아버지가 인상을 찡그리고 있었기 때문이다. 인상을 찡그린다는 건 화가 났다는 뜻이다.

왜 갑자기 화가 났어요?

내 물음에 눈을 크게 뜨던 할아버지가 천천히 고개를 저었다. 짧은 흰머리가 햇빛에 반사되어 반짝하고 빛이 났다.

"화가 난 게 아니란다."

눈을 찌푸려서 주름이 생겼는데요? 제가 다니는 정신과 의사 선생님이 눈을 찡그리는 건 화가 난 거라고 했어요.

"하하, 그래, 그럴 수도 있겠구나. 하지만 꼭 화가 났을 때만 눈을 찡그리는 건 아니란다."

그럼 할아버지는 왜 눈을 찡그렸어요?

"글쎄. 지난날이 후회가 되어서 그럴까?"

후회가 될 때도 눈을 찡그리는구나.

나는 그것을 잊어버릴까 봐 몇 번이나 머릿속으로 되뇌었다. 그래야 다음번에 똑같은 실수를 하지 않을 수 있기 때문이다. 한참 입을 다물고 있던 할아버지가 허공으로 시선을 던지며 말을 이었다. 마른땅처럼 쩍쩍 갈라지는 건조한 목소리가 새어 나왔다.

"나도 학생 아버지처럼 내 아들에게 좋은 아버지가 됐어야 했는데……. 분명 내게도 기회가 있었지만 내 손으로 날려 버리고 말았단다."

좋은 아빠가 되려면 이야기를 많이 해야 해요. 아빠가 책에서 읽었는데, 아들과 대화를 많이 하는 게 정서적 안정에 도움이 된대요. 그래서 아빠는 밤마다 침대에 앉아서 제가 잘 때까지 이야기를 해요. 편의점에서도 쉴 새 없이 말을 걸고요. 근데 사실 정서적으로 도움이 되는지 안 되는지는 모르겠어요. 저는 그것보다 요거트아이스크림을 사 주거나 같이 쌍안경으로 별을 관측하는 게 더 좋거든요.

"학생 아버지가 부럽구나."

왜요?

"나는 아들과 대화를 많이 나누지 못했거든."

요거트아이스크림도 안 사 줬어요?

"그래, 그러고 보니 바쁘다는 핑계로 모든 걸 아내에게 맡긴 채 내 손으로는 아이스크림 한 번 사 준 적이 없었구나. 몹쓸 아비였던 거지."

할아버지가 인상을 찡그렸다. 그건 화가 난 게 아니다. 후회가 된다는 뜻이다. 나는 아무 말도 하지 않았다. 후회하는 사람에게 건네는 말 같은 건 배운 적이 없었기 때문이다. 그럴 때 나는 실수를 많이 한다. 나는 할아버지의 기분을 상하게 하고 싶지 않았다. 그래서 얌전히 입을 다무는 쪽을 선택했다. 가만히 있으면 중간이라도 가니까. 허공을 바라보던 할아버지가 갑자기 고개를 돌렸다.

"아!"

그러고는 아주 오래전의 기억을 더듬듯 천천히 말을 이었다.

"가끔 빵을 가져다주기는 했구나. 잠복근무를 할 때 먹다 남은 빵이었는데 비싸거나 맛있는 건 아니었단다. 그냥 아무 슈퍼마켓에서나 살 수 있는 흔한 빵이었지. 하지만 주머니에 넣어 두었다가 구겨진 빵을 건네면 내 아들도 무척이나 기쁜 얼굴을 했단다."

형사 할아버지는 다시 먼 곳을 바라보았다. 나는 슈퍼마켓에서 파는 빵은 좋아하지 않는다. 그보다는 맞은편 빵집에서 파는 것처럼 갓 구운 빵을 좋아했다. 딸기 크림이 잔뜩 올라가면 더욱 좋다. 하지만 그 말은 할아버지에게 하지 않기로 했다. 길 건너 빵집에서 또다시 빵을 굽는지 고소한 냄새가 여기까지 풍겼다.

나는 벤치에서 일어나 할아버지에게 꾸벅 고개를 숙였다. 할아버지는 내게 시선을 돌리지 않았다. 빈 우유 팩을 들고서 하염없이 길 건너편을 바라볼 뿐이었다. 나는 형사 할아버지를 뒤로한 채 빠르게 공원을 가로질렀다.

골목 어귀에 항상 나와 있는 할머니가 보이지 않았다. 가끔은 이런 날도 있다. 할머니가 낮잠을 주무시거나 장을 보러 가고 없으면 혼자 대문을 열고 들어가기도 했다. 열쇠를 찾기 위해 가방을 뒤적거리던 나는 빼꼼 열린 대문을 보고는 다시 가방을 둘러맸다.

내가 거실로 들어가자 소파 위에 누워 있는 할머니가 보였다. 다리를 쭉 펴고 누워도 소파가 남는데 할머니는 항상 다리를 웅크린다. 내 인기척에 놀란 할머니가 천천히 눈을 떴다. 멀뚱멀뚱 서 있는 내 모습을 보고 그제야 두 눈을 크게 떴다.

"아이쿠, 벌써 우리 강아지가 올 시간이 됐누? 할미가 깜빡 잠이 들었지 뭐누."

할머니는 머리에 분홍색 보자기를 쓰고 있었다. 할머니 머리가 세숫대야만큼 커졌다. 나는 그것이 무엇을 의미하는지 알고 있었다. 할머니는 미용실에 다녀온 것이다. 저 보자기를 벗고 나면 할머니의 머리카락은 덜 익은 라면처럼 뽀글뽀글하고 연탄처럼 새카맣게 변해 있을 것이다.

흐아암, 길게 하품을 한 할머니가 "끙" 하며 몸을 일으켰다.

"새로 온 아가씨가 어찌나 사근사근한지 한 시간 넘게 미용실에 있었는데도 지루한 줄 모르겠지 뭐누. 그리고 집에 오니 잠이 쏟아져야."

나는 할머니 냄새를 좋아하지만 할머니가 미용실에 다녀오고 난 뒤에는 며칠간 근처에 얼씬도 하지 않는다. 염색약 특유의 냄새가 싫기 때문이다. 그 순간 나는 숨을 멈추고 말았다. 불현듯 섬

광처럼 머리를 스치고 지나가는 생각이 있었다.

살인범!

비로소 범인에게서 나던 마지막 냄새의 정체를 깨달았다. 그건 염색약 냄새였다!

나는 곧장 방 안으로 뛰어 들어갔다. 할머니가 깜짝 놀라서 "무슨 일이누?" 하고 물었지만 대답할 겨를이 없었다. 서둘러 노트를 꺼냈다. 그러고는 방금 떠오른 생각을 적었다. 노트가 빼곡하게 찼다.

<체육공원 살인사건>

범인은 반드시 현장에 다시 돌아온다.

단서를 찾아라.

촉을 믿어라.

모든 답은 현장에 있다.

때로는 끈기가 사건을 해결한다. 맨땅에 헤딩! (중요. 효과 있음.)

그냥 보기만 하는 것과 관찰하는 것은 다르다.

평소와 다른 점 생각하기. 사람의 특징 찾아보기.

- 범인의 특징 -

검은색 모자를 썼음.

담배를 피웠음.

담배 냄새 : 무슨 담배인지는 알지 못함.

달콤한 냄새 : 향수 허니트랩.

독한 냄새 : 염색약 냄새.

까칠하고 건조한 손의 감촉.

내가 적어 놓은 문장들을 끈질기게 응시했다. 그러고는 형사 할아버지가 가르쳐 준 것처럼 침착한 상태에서 하나씩 단서들을 되짚어 보기 시작했다. 왜 범인에게서는 염색약 냄새가 났을까? 모자 아래로 짧게 삐져나온 머리카락은 검은색이 분명했다. 범인은 그날 자신의 머리를 검은색으로 염색했던 걸까?

아니면…….

"우리 강아지, 할미 미용실에 가서 머리 좀 풀고 올 테니까 배고 프면 식탁 위에 꺼내 둔 바나나 먹고 있그라."

미용실!

어쩌면 범인은 자신의 머리를 염색한 게 아닐지도 모른다. 남의 머리를 염색하는 사람. 그렇다면 범인은 미용실 직원일 수도 있다. 나는 '까칠하고 건조한 손의 감촉' 뒤에 '손을 자주 씻는 건 미용사의 특징?'이라는 말을 덧붙였다. 뭔가 그럴듯해졌다.

서둘러 근처에 있는 미용실을 검색했다. 총 여덟 개의 미용실이 떴다. 나는 미용실 이름과 주소, 전화번호를 노트에 꼼꼼히 기록했다. 내일부터 이 미용실들을 하나씩 찾아가 볼 생각이었다.

물론 범인은 미용실 직원이 아닐 수도 있다. 하지만 가만히 있는 것보다는 뭐라도 하는 게 나았다. 그러다 운이 좋으면 범인을 찾을 수도 있고.

맨땅에 헤딩! (중요. 효과 있음.)

나는 노트에 해가 빼곡하게 그려져 있는 문장을 몇 번이고 다시 읽었다.

살인범은 반드시 목격자를 죽이겠죠?

갑작스러운 물음에 형사 할아버지가 희미하게 눈살을 찌푸리며 나를 쳐다봤다. 나는 누가 내 얼굴을 빤히 들여다보는 걸 좋아하지 않는다. 낯선 사람과는 눈을 맞추는 것도 싫었다.

하지만 형사 할아버지와 나 사이에는 친분이 조금 생겼다. 어쩌면 친구 비슷한 것일지도 모른다. 그래서 나는 불쾌한 시선을 꾹 참고 견뎠다. 할아버지의 시선은 마치 나를 꿰뚫어 볼 것처럼 날카로웠다.

형사 할아버지는 오래지 않아 눈길을 거두었다. 그러더니 평소의 교장 선생님 같은 얼굴로 돌아와 앞을 바라보았다. 오늘은 급식으로 우유가 나오는 날이 아니라 할아버지에게 아무것도 주지 못했지만 할아버지는 내 말에 귀를 기울였다.

"왜 그렇게 생각하는가?"

자신의 범행이 드러나지 않았는데 그 범행을 목격한 사람이 있으면 언제 자신이 들통날지 모르니까요. 당연히 목격자를 찾아서 죽이려고 할 거예요. 아빠랑 보는 범죄드라마에서는 항상 살인범이 형사보다 먼저 목격자를 찾아내 죽였거든요.

"컬컬컬."

할아버지가 마른 웃음을 터뜨렸다. "드라마 이야기였느냐?" 어쩐지 안심한 표정의 할아버지가 담담하게 말을 이었다.

"드라마야 극적인 효과를 주기 위해 그런 것이고."

그럼 살인범은 목격자를 살려 둘까요?

나는 조금 희망이 생겼다. 살인범이 나를 살려 둔다면 굳이 그의 정체를 밝힐 필요가 없었기 때문이다. "흐음" 하고 골똘히 생각에 잠긴 할아버지가 고개를 저었다.

"꼭 그렇지도 않겠구나. 내가 범인이라도 내가 한 짓을 알고 있는 사람이 이 세상에 단 한 명뿐이라면 죽여서 입막음을 해야겠다는 생각이 들 테니. 그래야 범인도 두 발 뻗고 편히 잠들 수 있잖겠느냐."

그럴 줄 알았다. 나는 시무룩한 표정으로 어깨를 늘어뜨렸다. 그런 내 모습에 할아버지가 의아한 듯 눈살을 찌푸렸다.

할아버지는 어떻게 범인을 미행했어요? 범인한테 형사라는 사실을 들키면 안 될 때 말이에요.

"아아, 그것 말이냐."

형사 할아버지의 눈이 갑자기 초롱초롱해졌다. 할아버지가 저런 눈을 하면 과거 이야기를 하겠다는 징조다.

"변장이지!"

변장이요?

"언제더라……. 25년이 되었나, 30년이 되었나. 아마 그쯤의 이야기란다. 쿨럭쿨럭! 이놈의 기침이 영 떨어질 생각을 않네. 뭔 놈의 감기가 이리 오래간다지."

쌕쌕, 얕은 숨을 몰아쉬던 할아버지가 금세 아무렇지 않은 투로 말을 이었다.

"강남에 건물 여러 채를 가지고 있는 부잣집의 초등학생 딸이 유괴를 당한 사건이 있었단다. 딸을 무사히 돌려받고 싶으면 몸값으로 5000만 원을 내놓으라는 협박 전화가 왔지. 지금도 5000만 원은 큰돈이지만, 그 당시에는 어마어마하게 큰돈이었단다. 서울에 있는 아파트 한 채 가격이 1200만 원 정도 할 때였으니까 얼마나 큰돈인지 짐작이 가느냐?"

나는 고개를 끄덕였다. 아주아주 비싼 천체망원경이 5000만 원쯤 한다. 동네 편의점 사장님인 아빠에게는 절대 사 달라고 할 수 없는 금액이다.

"유괴된 아이의 부모가 곧바로 경찰에 신고를 했고, 즉각 대응 팀이 꾸려졌단다. 요구한 돈을 준다고 해서 유괴범이 아이를 무사히 돌려보낼 거라고 확신할 수 없었지. 우리는 만에 하나의 가능성도 대비해야 했단다.

아이의 아버지가 커다란 가방에 현금 5000만 원을 넣고, 범인이 지시한 공원으로 나갔다. 그리고 범인이 말한 대로 화장실 옆에 있는 쓰레기통에 가방을 던져 넣었지."

범인이 그 돈을 가져갔나요?

"그곳에는 아무도 없는 것 같았지만 말이다, 실은 사복을 입은 형사들이 쫙 깔려 있었단다. 공원을 청소하는 환경미화원으로, 아기를 업고 가는 엄마로, 데이트하는 젊은 남녀로, 솜사탕을 파는 장사꾼으로."

그래서요?

"약 한 시간가량은 아무 움직임이 없었단다. 우리는 유괴된 아이를 영영 찾지 못할까 봐 초조함이 극에 달했지. 그런데 두 시간쯤 지났을 때 모자를 눌러쓴 사내 하나가 주위를 두리번거리며 화장실로 걸어가지 않겠느냐."

범인이었어요?

"그래. 딱 봐도 거동이 수상한 게 틀림없이 저놈이다 싶었지. 범인은 우리가 형사라는 사실은 꿈에도 모른 채 쓰레기통을 뒤졌단다. 가방을 꺼내 얼른 그 자리를 뜨려고 하더구나. 그때 우리가 그놈을 덮쳤단다. 유괴된 아이도 무사히 구해 냈지."

휴우. 나는 안도의 한숨을 내쉬었다.

그런데 어떻게 경찰인 걸 안 들켰어요?

"눈, 코, 입만 가린다고 다 변장이 아니란다. 변장을 할 때는 말이다, 주변에 자연스럽게 녹아드는 게 가장 중요하지. 그러면 설령 얼굴을 보았다고 하더라도 기억에 남지 않는 법이거든. 나무를 숨기려거든 숲에 숨기라는 말도 있지 않으냐."

오오!

나는 얼른 노트를 꺼냈다. 잊어버리기 전에 방금 할아버지가 한 말을 받아 적었다.

변장은 자연스럽게. 나무를 숨기려거든 숲에 숨겨라!

나는 노트를 가방에 집어넣고 자리에서 일어섰다. 할아버지가 등을 움츠리고 쿨럭쿨럭 마른기침을 터뜨렸다. 그런 할아버지에게 꾸벅 인사를 하고 집으로 향했다. 오늘은 수상한 미용실을 감시하러 갈 것이다. 그 전에 변장부터 해야 했다.

숲에 숨은 나무가 되어야지!

흐음. 나는 거울 속에 비친 내 모습을 보며 퍽 불만스러운 표정을 지었다. 내 얼굴 위에는 어린이날에 선물로 받은 코주부 안경이 걸려 있었다. 얼굴은 알아볼 수 없겠지만 아무래도 주변에 자연스럽게 녹아들기는 어려울 것 같았다.

풀 죽은 기색으로 회심의 아이템이었던 코주부 안경을 벗었다.

그리고 꺼내 놓은 변장 도구들을 둘러보았다. 핼러윈에 썼던 드라큘라 이빨과 망토, 얼굴까지 가려 주는 공룡 옷, 스파이더맨 옷과 가면.

하아.

나는 그것들을 다시 상자 안에 차곡차곡 집어넣었다. 아무래도 길가에 지나다니는 드라큘라와 공룡, 스파이더맨은 너무 눈에 띄었다.

평범한 모자 같은 게 있으면 좋을 텐데.

나는 옷장을 마구 뒤지기 시작했다. 하지만 모자를 산 적이 없다. 모자가 머리를 누르는 느낌을 싫어하기 때문이다.

아!

갑자기 좋은 생각이 떠올랐다. 할머니 몰래 아빠 방으로 향했다. 아빠는 가끔 모자를 쓴다. 주로 늦잠을 자서 머리를 감지 못했을 때다.

자랑은 아니지만 나는 늦잠을 잔 적이 한 번도 없다. 알람은 7시 30분에 맞춰 두지만 사실 눈은 7시 25분쯤에 뜬다. 가만히 누워 있다가 알람이 울리기 시작하면 알람을 끄고 다시 5분 동안 더 누워 있는다. 하지만 아빠는 1년에 한두 번은 8시 25분쯤에 일어나곤 했다. 나와 집을 나서는 시간이 8시 30분인데 말이다.

찾았다!

옷장에서 찾은 검정색 모자를 머리에 써 보았다. 역시 기분이 썩 좋지는 않았다. 누군가 계속 머리를 옥죄듯 불쾌한 느낌이 들었다. 하지만 수사를 위해서라면 참아야 할 때도 있는 법이다. 나는 탐정이니까.

할머니에게 산책을 다녀오겠다고 말한 뒤 집을 나섰다. 대문 밖을 나서자마자 모자를 눌러썼다. 거리에는 모자를 쓴 사람들이 제법 있었다. 나는 이제 숲에 있는 한 그루의 나무가 된 것이다!

길을 걸으며 옷 속에 넣어 온 노트를 펼쳐 보았다. 처음으로 갈 곳은 체육공원에서 가장 가까운 '어서 와 미용실'이었다. 그 미용실은 작은 상가 1층에 있었다. 나는 유리창에 딱 달라붙어서 미용실 안을 훔쳐보았다. 범인, 그러니까 남자 미용사가 있는지 찾기 위해서다. 눈알이 바쁘게 데굴데굴 굴러갔다.

미용실 안에는 두 사람이 있었다. 미용사로 보이는 아줌마와 손님으로 보이는 아줌마였는데, 미용사 아줌마는 머리가 저녁노을처럼 새빨갰다. 한참 동안 유리창 너머를 살폈지만 다른 직원이 있는 낌새는 전혀 보이지 않았다. 그런데 바로 그때, 미용사 아줌마와 손님 아줌마가 동시에 나를 쳐다봤다.

순간 심장이 입 밖으로 튀어나올 만큼 놀랐다. 아줌마가 쫓아올까 싶어 뒤도 돌아보지 않고 꽁지가 빠지게 도망을 쳤다. 나는 미용실이 보이지 않는 곳에 도착해서야 간신히 한숨을 돌릴 수 있었다. 가슴에 품고 있던 노트를 꺼내 '어서 와 미용실' 이름 위에 X 표를 했다.

그 후, 미용실 세 군데를 더 방문했지만 모두 허탕이었다. 세 곳 가운데 두 곳은 처음과 마찬가지로 아줌마 혼자서 운영하는 작은 미용실이었고, 나머지 한 곳은 이미 오래전에 문을 닫았는지 '임대'라고 적힌 빛바랜 종이 한 장만 덩그러니 붙어 있었다.

터벅터벅.

집으로 돌아가는 걸음에 힘이 없었다. 오늘은 여기까지다. 해가 지기 전에 돌아가지 않으면 할머니가 아빠에게 전화를 할지도 모른다. 그러면 더 이상 비밀 수사를 할 수가 없다.

그러나 아직 실망하기에는 이르다. 형사 할아버지는 범인을 찾기 위해 삼백 군데를 돌았다고 했다. 나는 이제 겨우 네 군데만 돌았을 뿐이다.

'때로는 끈기가 사건을 해결한다.'

나는 이미 외우고 있는 문장을 머릿속으로 되뇌었다. 그러고 나자 마치 뉴욕시를 누비는 슈퍼 히어로가 된 것처럼 용기가 불끈 솟아올랐다.

내 머리 위에는 '제이 헤어 숍'이라는 간판이 있었다. 유독 커다란 가위 그림이 왠지 모르게 으스스했다. 나는 간판에 적힌 '2F'라는 글자를 확인하고는 조심스럽게 계단을 올랐다.

이번 미용실은 지금까지 갔던 곳과는 차원이 달랐다. 2층 전체를 사용하고 있었는데, 유리벽 너머로 보이는 직원의 수가 한 손으로 꼽지 못할 정도였다. 당연하게도 손님의 수 역시 많았다. 그 중 대부분은 머리에 이상한 기계를 쓰고 있거나 거울 앞에 앉아 있는 성인 여자였다.

벌써 몇 번이나 말한 것 같은데 나는 성인 여자를 무서워한다. 특히 화장을 짙게 한 여자는 더 무서웠다. 짙은 향수 냄새나 새빨 간 매니큐어는 안 좋은 기억을 떠오르게 한다.

어떻게 하지?

나는 차마 문 안으로 들어가지는 못하고 입구에서 뱅글뱅글 맴 돌기만 했다. 카운터를 지키는 직원이 의심스러운 표정으로 나를 지켜보는 게 느껴졌다. 하지만 미용실 문을 열고 들어갈 용기가 나지 않았다.

사실 나는 미용실을 싫어한다. 낯선 사람이 내 머리를 만지는 건 상상만 해도 소름이 돋았다. 여섯 살 때, 아빠와 함께 간 미용 실에서 난동—넓은 미용실을 뛰어다니며 물건이란 물건을 모조 리 집어 던져 버렸다—을 피운 뒤로 내 머리는 항상 아빠가 잘라 주었다. 아빠가 머리를 만지는 것도 기분은 안 좋았지만 모르는 사람보다는 나았다.

처음에는 바가지를 얹어 놓고 자르는 바람에 우스꽝스러운 모 양이 되었다. 앞머리를 일자로 반듯하게 자르지 못해 길이를 맞 추려다 아예 빡빡머리가 된 적도 있었다. 지금은 아빠도 실력이 늘어서 이발사 아저씨처럼 능숙하게 머리를 다듬는다.

한참 나를 지켜보던 카운터 여직원이 마침내 인상을 쓰며 자리에서 일어났다. 그러고는 곧장 출입문 쪽으로 다가왔다. 가슴이 불안하게 뛰었다. 머릿속이 하얘질 것 같았다. 귓가가 먹먹해졌다. 이건 좋지 않은 징조였다.

삐리리릭.

경쾌한 소리를 내며 문이 열렸다. 그리고.

"어, 이태의?"

누군가 내 이름을 불렀다!

나는 퍼뜩 정신을 차리고 앞을 쳐다보았다. 은테 안경을 쓴 반장이 거기 있었다. 왜 반장이 미용실에 있을까, 생각하다가 짧아진 반장의 머리카락에 시선을 던졌다. 어깨 아래까지 오던 긴 머리가 싹둑 잘려 있었다. 까만 머리가 귀 밑에서 찰랑거렸다.

"모자 쓰고 있어서 못 알아봤어."

반장이 어색한 듯 자신의 목덜미를 쓰다듬으며 말했다. 물어보지도 않았는데 반장은 혼자서 대화를 이어 나갔다.

"그냥 기분 전환하려고 잘라 봤어. 우리 집이 바로 이 옆이거든. 어때, 어울려?"

나는 단호하게 고개를 저었다. 단발은 반장에게 어울리지 않았다. 긴 머리를 묶고 다니는 게 익숙하고 좋았다. 낯선 것은 별로다.

내가 고개를 젓자 반장의 눈매가 대뜸 치켜 올라갔다. 저건 화가 났다는 뜻이다. 나는 조금 억울했다. 어울리냐고 물어봐서 어울리지 않는다고 했을 뿐인데 화를 내는 건 공평하지 않았다.

반장의 어깨 너머로 나를 향해 다가오던 직원의 모습이 보였다. 여직원은 걸음을 멈추었고, 쌀쌀맞던 표정이 이내 머쓱하게 변했다. 나와 반장을 번갈아 쳐다보던 직원이 머리를 긁적이며 다시 카운터로 돌아갔다.

휴우, 다행이다.

"넌 왜 여기 왔는데? 머리 자르려고?"

반장의 목소리가 어쩐지 퉁명스러운 것 같았지만 나는 전혀 개의치 않았다. 그보다는 번쩍하고 떠오른 생각에 집중했다. 내가 생각해도 좋은 아이디어였다. 나는 반장에게 휴대폰 화면을 보여 주었다.

햄버거 사 줄게!

"흐음."

화면을 들여다보던 반장이 두 눈을 게슴츠레하게 떴다. 그러고는 내 머리부터 발끝까지 천천히 훑어봤다. 의심스럽다는 듯이.

"또 무슨 부탁을 하려고?"

나를 흘겨보던 반장이 척, 하고 팔짱을 꼈다. 반장은 햄버거를 사 준다는 말만 듣고도 부탁할 게 있다는 사실을 단번에 알아차렸다. 다시 말해 반장은 '햄버거 사 줄게!'라는 문장에 나타난 화자의 의도를 분석한 것이다. 역시 국어 성적이 높은 데는 이유가 있었다.

"좋아. 너에게 미안한 것도 있고 하니까 들어줄게. 뭔데?"

나는 빠르게 휴대폰 자판을 두드리기 시작했다. 타다닥 소리와 함께 휴대폰 화면에 빼곡한 글자가 채워졌다. 내가 지갑을 가지고 나왔던가? 지갑에 돈이 얼마나 있지? 전에 반장이랑 외출하고 남은 3만 6000원을 저금통에 넣지 않고 그대로 뒀던 것 같은데, 라는 생각이 마구잡이로 떠올랐다 사라졌다.

"쯔압!"

기합을 넣은 반장이 입을 크게 벌렸다. 그러고는 패티가 두 장이나 쌓인 커다란 햄버거를 힘껏 베어 물었다. 반장의 양 볼이 햄버거로 가득 찼다. 쪽쪽, 콜라를 빨아먹은 반장이 그제야 만족스러운 듯 씩 웃었다. 반장의 입술 끝에 햄버거 소스가 묻었다.

"남자 직원이 몇 명이냐고 물어봤었지? 그 미용실에 남자 직원은 총 두 명이었어. 한 명은 실장님이라고 불렸는데 나이는 한 30대 초반이나 중반쯤?"

가느스름하게 뜬 눈으로 허공을 노려보던 반장이 느릿하게 말을 이었다.

"나머지 한 명은 어시스턴트였는데 꽤 젊어 보였어. 들어온 지 얼마 안 됐는지 다른 일은 거의 안 하고 손님 머리 감기는 일만 하더라고. 아니면 바닥 청소를 하거나. 이제 막 고등학교를 졸업한 느낌이었어."

반장이 또 한 입 햄버거를 베어 물었다.

두 사람 모두 머리카락이 무슨 색이었어?

"머리카락 색? 음, 실장님은 밝은 갈색이었고, 젊은 조수는…….
아, 그렇지! 금발이었어."

그렇다면 둘 다 아니다. 나는 아쉬움에 콜라만 쪼로록 들이켰
다. 물론 그사이 범인이 염색을 했을 수도 있지만 왠지 그렇지는
않을 것 같았다.

담배는 피우는 것 같아?

"둘 다 안 피워. 그건 확실해. 왜냐하면 내 머리를 잘라 주던 언
니가 다른 언니한테 '우리 미용실에 있는 남자 직원은 어찌 된 게
둘 다 술도 못 마시고, 담배도 못 피워? 재미없게'라고 말하는 걸
들었거든."

반장이 확신에 찬 어조로 대답했다.

반장 언니가 그 미용실에서 일해?

"어? 아니, 아……!"

알쏭달쏭한 얼굴로 고개를 갸웃거리던 반장이 "그런 게 아니
라"하며 까르르 웃음을 터뜨렸다.

"가게 직원이 나보다 나이가 많으면 언니라고 부르는 거야. 식
당 아주머니한테 이모라고 부르는 것처럼."

나는 이모가 없어. 이모는 엄마의 여자 형제를 부르는 말인데 나는 엄
마가 없거든.

"아하하. 그냥 아줌마, 저기요, 이렇게 부르면 정 없잖아. 너도 다음에 식당에 가면 이모라고 불러 봐."

반장은 내가 말을 하지 못한다는 사실을 잊어버린 것 같았다. 아빠는 식당 아주머니를 "사장님"이라고 부른다. 내가 '카운터에 앉아 있는 아저씨가 사장님 같아요'라고 넌지시 언질을 주었지만, 그 다음에도 아빠는 종업원에게 깍듯하게 "사장님"이라고 불렀다. 어쩌면 반장이 하는 말은 그것과 비슷한 건지도 모른다.

"그런데 남자 직원은 왜? 도대체 누구를 찾는 거야? 혹시 그때 그 향수랑 관련이 있는 거야?"

빈 햄버거 종이를 보며 입맛을 쩝쩝 다시던 반장이 내게 질문 다발을 던졌다. 나는 그 말을 못 들은 척 햄버거만 우적거렸다. 잠시 후, 빈 햄버거 종이를 내려놓고 일어섰다. 반장에게 물어볼 것은 그게 전부였다.

"야, 이태의. 그냥 가는 거야? 인사는 하고 가야지!"

반장의 목소리가 들렸지만 나는 곧장 햄버거 가게를 나갔다. 그러다 여섯 번째 미용실에 도착해서야 반장에게 조금 더 도움을 요청하는 게 좋았을 걸, 하는 후회가 들었다. 여섯 번째 미용실 역시 다섯 번째 미용실만큼이나 규모가 크고 직원이 많았기 때문이다. 아마도 나는 저 미용실에 들어가지 못할 것이다.

'미미 헤어'는 번화가 건물 1층에 위치해 있었다. 앞면이 어두운 유리라 안에서 머리를 하는 사람들이 희미하게 보였는데, 미용실 규모만큼 손님이 많았다. 그것도 대부분 여자 손님이다.

나는 차마 미용실 안으로 들어가지 못하고 유리벽 너머를 기웃 거렸다. 카운터에 있던 직원이 한참 나를 지켜보더니 문 쪽으로 다가왔다. 달랑, 하는 종소리와 함께 미용실 문이 열리며 "혹시 머리 자르실 건가요?"라고 묻는 목소리가 뒤통수를 때렸다.

유리벽 안을 살피는 데 집중하고 있던 나는 갑작스러운 목소리에 화들짝 놀랐다. 그래서 직원의 물음에 대꾸도 하지 않고 미용실 옆 골목으로 후다닥 뛰어 들어갔다. 놀란 심장이 물에 올라온 생선처럼 팔딱팔딱 날뛰었다. 나는 아직 낯선 성인 여자와 이야기를 나눌 마음의 준비가 되지 않았다.

하아, 하아.

숨을 헐떡이며 골목 밖을 기웃거리는데 등 뒤에서 삐걱하는 문소리가 들렸다. 인기척이 느껴져 파드득 어깨를 떨며 고개를 돌리자, 골목 안에 있는 철문에서 웬 여자가 걸어 나오는 게 보였다. 담배를 입에 물고 불을 붙이려던 여자가 나를 보더니 깜짝 놀라 다시 철문 안으로 들어갔다.

우와, 내가 더 깜짝 놀랐다!

그제야 나는 방금 여자가 들어간 철문에 시선을 주었다. 철문 한가운데 '미미 헤어'라는 글자가 조그맣게 붙어 있었다. 아마도 미용실의 뒷문인 모양이다.

또다시 문이 열리며 낯선 사람이 모습을 드러냈다. 나처럼 짧은 머리 위에 검은 모자를 쓰고, 검은 재킷과 검은 바지를 입은 사람이다. 나는 잔뜩 긴장한 채 골목 벽에 바싹 몸을 붙였다. 그리고 그 사람이 얼른 지나가길 기다렸다. 남자가 느릿하게 걸음을 옮겼다. 몇 걸음 앞에서 내게 힐긋, 무심한 시선을 던진 남자는 그대로 나를 스쳐 지나갔다.

그 순간.

달콤한 향수 냄새가 코끝을 스쳤다. 카페 사장님이 사용하던 것과 똑같은 허니트랩이다. 느릿하게 닫히는 철문 사이로 독한 염색약 냄새가 새어 나왔다. 남자는 대수롭지 않게 담배를 빼어 물었다. 그러고는 찰칵 불을 붙였다. 익숙한 담배 냄새가 코끝을 스쳤다.

남자가 내 앞을 지나갔다. 나는 숨이 막혔다. 눈앞의 남자는 내가 지금껏 찾아 헤매던 범인이 분명했다.

범인을 찾게 된다면 몰래 그의 뒤를 미행해 집을 알아낼 계획이었다. 경찰에 신고하는 것은 그다음의 일이다. 살인범을 신고하려면 증거가 있어야 하는데 내게는 아무런 증거가 없었기 때문이다. 증거를 확보하려면 범인의 집에 있는 쌍안경을 찾아와야 했다. 범인의 DNA가 남아 있는 쌍안경을.

하지만 살인범과 맞닥뜨린 지금, 나는 아무것도 하지 못하고 그 자리에 꽁꽁 얼어붙었다. 발이 땅에 딱 달라붙어서 움직이지 않았다. 머릿속도 하얗게 변했다. 숨조차 쉴 수 없었다.

하아아.

한참의 시간이 흐른 후에야 나는 겨우 막힌 숨을 토해 낼 수 있었다. 손가락을 까딱거려 보았다. 손끝이 움직였고 그와 동시에 얼음이 녹듯 서서히 몸이 움직이기 시작했다.

서둘러 골목 밖으로 뛰쳐나갔다. 불쑥 튀어나온 내 모습에 지나가던 아저씨가 "헉" 하고 숨을 삼키는 소리가 들렸다. 나는 다급하게 사방을 둘러보았다. 정체가 시작된 도로에는 차들이 빵빵 요란하게 경적을 울려 댔고, 인도에는 셀 수 없이 많은 사람이 분주한 걸음을 옮기고 있었다.

그러나 그 어디에서도 조금 전 범인의 모습은 찾을 수가 없었다.

엄마

"무슨 일이 있는 게냐. 잠을 못 잤는지 안색이 좋지 않구나."

형사 할아버지가 내게 걱정스러운 시선을 던졌다. 나는 벤치 끄트머리에 엉덩이를 살짝 걸친 채 몇 번째인지 모를 한숨을 내쉬었다. 방금 할아버지가 한 것과 똑같은 말을 오늘 아침 아빠한테도 들었다. 나는 거울을 보지 않아서 내 얼굴이 어떤지 알 수 없었다. 하지만 잠을 제대로 못 잔 것은 사실이다.

눈을 감으면 범인의 얼굴이 선명하게 떠올랐다. 모자를 깊숙이 눌러쓴 탓에 이목구비가 제대로 보이지 않았음에도 불구하고 범인의 모습은 밤새 나를 괴롭혔다.

게다가 범인을 만난 순간 아무것도 하지 못하고 뱀 앞의 개구리처럼 꽁꽁 얼어붙었다는 사실 역시 내게는 커다란 충격이었다. 솔직히 말하면 그때 발작을 일으키지 않은 것만 해도 천만다행이었다.

나는 텔레비전에 나오는 형사처럼, 책 속에 등장하는 탐정처럼 노련하고 능숙하게 범인의 뒤를 쫓을 수 있을 거라 자신했다. 하지만 실제로는 손가락 하나 까딱할 수 없었고 그 사실이 나를 우울하게 만들었다.

형사 할아버지는 내 대답을 재촉하지 않았다. 무슨 일이냐고 캐묻지도 않았다. 그저 침묵 속에서 나를 묵묵히 기다려 줄 뿐이었다. 그건 아빠와 비슷했다. 나는 형사 할아버지도 좋은 아빠가 될 수 있었을 거라고 생각했다.

한참 후에야 겨우 기운을 차리고 휴대폰 자판을 두드리기 시작했다. 평소처럼 경쾌한 소리가 아니라 느릿한 타자 음이 귓속을 파고들었다.

할아버지는 범인이 무서울 때가 없었어요?

휴대폰을 멀찍이서 들여다보던 할아버지가 다시 내 얼굴을 빤히 응시했다. 그러다 빙긋 웃으며 "왜 없었겠느냐" 하고 대답했다.

"내가 전에 '검은 우비 연쇄 살인사건'에 대해 말해 준 적이 있었지?"

나는 고개를 끄덕였다. 아직도 그 생각만 하면 오줌이 마려웠다.

"비 오는 날 좁은 컨테이너 안에서 살인범을 맞닥뜨렸을 때, 왜 나라고 무섭지 않았겠느냐. 죽을지도 모른다는 생각이 들었지. 등골이 오싹할 만큼 공포스러웠단다. 이건 비밀인데 말이다, 살인범이 내게 칼을 들고 덤빌 때는 그 자리에서 오줌을 쌀 뻔했지 무어냐. 그대로 도망가고 싶었단다."

사람들은 내게 비밀 이야기를 많이 한다. 카페 사장님은 딸기 스무디에 시럽이 들어간다는 게 비밀이라 했고, 아빠는 할머니 생각을 조금만 하는 게 비밀이라고 했다. 형사 할아버지는 범인을 두고 도망가고 싶었다는 게 비밀이란다.

어쩌면 내가 말을 못하기 때문에 비밀을 더 잘 지킬 수 있을 거라고 믿는지도 모른다. 하지만 내가 누구보다 빠르게 휴대폰 자판을 칠 수 있다는 사실은 다들 잊어버린 모양이었다.

근데 어떻게 도망가지 않고 범인과 싸울 수 있었어요?

"흐음."

할아버지는 옛날 기억을 되살릴 때면 늘 그렇듯 길 건너편을 바라보았다. 나도 덩달아 고개를 돌렸다. 그곳에는 바쁘게 지나가는 사람들, 고소한 냄새를 풍기는 빵집, 빵 부스러기를 얻어먹으려 기웃거리는 비둘기 외에는 아무것도 없었다.

"내가 지켜야 하는 소중한 사람을 떠올리면 도움이 된단다."

소중한 사람이요?

"이 살인자를 풀어 줬다가 다음번에 납치될 사람이 내 아내나 아들이 될 수도 있다는 생각을 하는 거지. 그럼 절대 그 자리에서 도망칠 수 없단다. 자칫해서 내가 죽었다가는 아내와 아들이 슬퍼할 테니 죽기 살기로 싸우는 거지. 나는 이런 곳에서 절대 죽을 수 없다, 하고 외치면서."

그렇군요.

나는 할아버지의 말을 이해할 수 있을 것도 같았다. 만약 내가 살인범 손에 죽는다면 아빠와 할머니는 무척 슬퍼할 것이다. 내가 가출했던 날보다 훨씬 더 많이 울지도 모른다. 죽는다는 건 다시는 볼 수 없다는 뜻이니까.

나는 죽고 싶지 않았다.

대학교도 가야 하고, 아르바이트도 해야 한다. 편의점에는 매월 신상품이 들어오고, 새로운 요거트아이스크림도 계속 출시될 것이다. 다른 그림 찾기는 아직도 레벨 4에 머물러 있었다. 그러므로 나는 아직 죽고 싶지 않았다. 비장하게 노트를 꺼낸 후 할아버지의 말을 메모했다.

소중한 사람을 위해 용기를 내자. 나는 절대 죽을 수 없다!

'나는 절대 죽을 수 없다!'라는 문장에는 밑줄을 두 번 긋고 해도 열 개나 그렸다. 그리고 나니 조금 용기가 생기는 것 같았다. 아빠와 할머니를 위해 살인범을 잡아야 했다. 나는 할아버지에게 대충 인사를 한 뒤 서둘러 집으로 돌아왔다.

정확히 44분 후, 검은 모자를 눌러쓰고 '미미 헤어'가 보이는 골목에 몸을 숨겼다. 미용실 뒷문이 있는 골목은 아니다. 그곳에 있으면 범인에게 들킬 확률이 높았다. 미용실 다음 골목에 숨어서 인기척이 들릴 때마다 골목 밖으로 고개를 내밀어 범인인지 아닌지 확인했다. 방심은 절대 금물, 경계를 게을리 하지 않는 건 탐정의 필수 요건이다.

내가 숨어 있는 골목은 식당 뒷문과 연결되어 있었는데 그래서인지 음식 냄새와 쓰레기 냄새가 뒤섞여 무척이나 불쾌했다. 어디선가 길고양이가 찾아와 능숙하게 쓰레기 더미를 헤집었다.

쿠당탕.

음식 쓰레기를 담은 통이 넘어지며 쓰레기가 쏟아져 나와 바닥에 나뒹굴었다. 그 끔찍한 광경에 나는 당장이라도 토할 것처럼 눈살을 찌푸렸다. 고양이가 나를 향해 하악, 하고 털을 세웠다.

나는 고양이가 물고 있는 생선 뼈에는 전혀 관심이 없었다. 그래서 스윽 하고 시선을 피했다. 고양이는 마치 승리자라도 된 양 의기양양하게 생선 뼈를 물고 담벼락 너머로 사라졌다. 경계를 게을리 하지 않는 걸 보니 길고양이도 탐정의 필수 요건을 갖추고 있는 것 같았다.

슬슬 다리가 아파 왔다. 목도 마르고 배도 고팠다. 나는 휴대폰 시계를 확인했다. 벌써 오후 6시에 가까워지고 있었다. 좀 있으면 해가 지기 시작할 것이다. 마음이 조급해졌다. 해가 지기 전에 집으로 돌아가야 한다는 생각과 이대로 범인을 놓칠 수 없다는 생각이 공존했다.

나는 일단 그 자리에 쪼그리고 앉아 가방을 열었다. 그리고 빵과 우유를 꺼냈다. 형사 할아버지는 잠복근무를 할 때 매일같이 빵과 우유를 먹었다고 했다. 나는 흰 우유를 싫어하지만 잠복근무 중이기 때문에 슈퍼마켓에서 산 크림빵과 흰 우유를 챙겨 왔다.

순식간에 빵을 해치웠다. 하지만 흰 우유는 아직도 반 이상 남아 있었다. 나는 우유 팩을 곤혹스레 쳐다봤다. 딸기우유나 바나나우유처럼 달콤한 맛이 난다면 금방 먹을 수 있을 텐데.

냐앙.

조금 전의 길고양이가 어느새 곁으로 다가와 내 주위를 맴돌고 있었다. 무슨 말을 하려는 듯 나를 올려다보며 야옹거린다. 나는 고양이가 하는 말을 알아들을 수 없다. 가끔은 사람이 하는 말도 제대로 이해하기 어려운데 어떻게 고양이가 하는 말까지 알아들을 수 있을까.

우유를 달라고 하는 거지?

나는 한 치의 머뭇거림도 없이 고양이에게 휴대폰 화면을 내밀었다. 아빠는 친절을 베풀 때도 상대의 의사가 중요하다고 했다. 상대가 원하지 않는 친절은 오지랖일 뿐이라고 말이다.

내 친절이 오지랖으로 오해받지 않도록 상대의 의사를 물어보았지만 고양이는 글을 읽지 못했다. 그래도 괜찮았다. 어쨌든 나는 상대의 의사를 물어봤으니까. 고양이가 혀를 넣기 쉽도록 우유팩을 조심스럽게 뜯은 뒤 모서리를 안으로 접어 넣었다. 짜잔, 순식간에 그릇 모양이 만들어졌다.

냐아앙.

우유팩을 바닥에 놓아 두자 고양이가 슬그머니 다가가 혀를 담갔다. 처음에는 나를 의심하듯 혀끝만 담그더니 이내 정신없이 우유를 마시기 시작했다.

나는 빈 빵 봉지를 접어 주머니에 넣고는 가방 안을 뒤적였다. 노트를 읽으면 두근거리는 마음을 진정시키는 데 도움이 될 것 같았기 때문이다.

그런데 노트가 보이지 않았다. 책가방에서 교과서를 뺀 기억은 나는데 노트를 뺀 기억은 없었다. 영문을 알 수 없는 일에 나는 조금 당황하고 말았다.

어디서 떨어뜨렸나?

천천히 기억을 되짚어 보았다. 마지막으로 노트를 펼친 건 작은 공원에서다. 형사 할아버지의 말을 메모하느라 노트를 꺼냈던 기억이 났다. 하지만 그 뒤의 기억은 불분명했다. 나는 가방 안을 난감하게 바라보다 자리에서 일어났다.

어쩌지. 오늘은 그냥 돌아갈까?

어느새 해가 지기 시작했다. 어스름한 저녁이 머리 위로 내려앉았다. 방금까지의 용기는 이미 어디론가 사라지고 없었다. 해가 지기 전에 돌아가지 않으면 할머니가 아빠에게 전화를 할지도 모른다. 그러면 아빠가 화를 내겠지. 역시 그 전에 집으로 돌아가는 게 좋을 것 같았다.

내일 다시 오자.

막 철수하려고 가방을 둘러멜 때였다. 옆 골목에서 익숙한 그림자가 걸어 나오는 것이 보였다. 검은 모자를 깊게 눌러쓴 그 남자다. 범인은 느긋한 걸음으로 내 앞을 지나갔다. 나는 깜짝 놀라 그늘 속에 몸을 숨겼다. 그러나 시선만큼은 끈질기게 범인을 쫓았다.

범인이 품에서 담배를 꺼냈다. 그러고는 라이터로 불을 붙였다. 후― 범인이 뱉은 담배 연기가 허공을 떠돌다 사라졌다. 마주 오는 여자가 보란 듯이 눈살을 찌푸렸지만 남자는 개의치 않았다. 담배를 쥔 새끼손가락에 붉은 매니큐어가 반짝였다.

어?

그것이 무척이나 이상했다. 남자가 왜 붉은 매니큐어를 발랐을까? 카페 사장님도 남자 향수를 뿌리니 어쩌면 그리 이상한 일은 아닐지도 모른다. 솔직히 말하자면 나는 유행을 잘 모른다. 또래가 보는 예능 프로그램도 잘 보지 않았다. 내가 좋아하는 프로그램은 동물 다큐멘터리와 범죄 드라마다.

반 아이들 사이에 유행하는 말도 혼자만 못 알아듣는 경우가 종종 있었다. 그러니 여자가 남자 향수를 뿌리고 남자가 매니큐어를 바르는 것도 최근의 유행일지 모른다.

나는 마른침을 꿀꺽 삼킨 후, 골목 밖으로 한 발짝을 내디뎠다.

다행히 이번에는 몸이 뜻대로 움직여 주었다. 범인이 시야에서 사라지기 전에 얼른 그의 뒤를 쫓아야 했다. 그가 사는 곳이 어딘지 알아내야 했다. 나는 서둘러 남자의 뒤를 쫓기 시작했다.

그런데 바로 그 순간.

"어, 태의잖아? 야, 이태의!"

익숙한 목소리가 나를 불렀다. 맞은편에서 걸어오던 반장이 반가운 얼굴로 두 손을 마구 흔들었다. 그와 동시에 남자가 멈칫 걸음을 멈추었다. 그러고는 천천히 뒤를 돌아봤다.

나는 후다닥 골목 안으로 몸을 숨겼다. 심장이 벌렁벌렁 제멋대로 날뛰었다. 손가락이 파르르 떨렸다. 그제야 쌍안경에 내 이름이 적혀 있다는 사실과 어쩌면 범인이 내 이름을 알고 있을지도 모른다는 생각이 들었다. 몇 번이나 심호흡을 한 뒤 슬그머니 골목 밖으로 고개를 내밀었다. 반장이 의아한 얼굴로 다가오고 있었다. 반장의 어깨 너머로 다시 걸음을 옮기는 범인의 뒷모습이 보였다.

하아아. 다행이다.

범인은 내 이름을 듣지 못한 모양이었다. 아니면 쌍안경에 적힌 내 이름을 보지 못했거나 혹은 보고도 잊어버렸는지도 모른다. 어쨌든 범인이 나를 눈치채지 못한 것만은 분명했다.

나는 범인의 눈을 피해 벽을 따라 걸었다. 범인은 어둠이 내린 거리로 섞여 들었고 나 역시 순식간에 어둠 안으로 뛰어들었다.

"아, 맞다. 전에 네가 말한 향수를 화장품 가게에서 발견했는데 여자⋯⋯. 야, 이태의! 쟤가 또 인사도 안 하고 내빼네. 내일 두고 보자!"

반장의 투덜거림이 내 그림자를 따라오다 점점이 흩어졌다. 범인의 걸음은 조급하지도 불안하지도 않았다. 나는 열 걸음 정도의 거리를 두고 범인의 뒤를 쫓았다. 마치 진짜로 탐정이 된 것 같은 설렘에 심장이 두근두근 뛰고 점점 호흡이 가빠졌다. 긴장감과 흥분감이 묘하게 뒤섞여 심장이 당장이라도 입 밖으로 튀어나올 것만 같았다.

나는 침착함을 되찾으려 애쓰며 크게 심호흡을 했다. 마음속으로 '나는 나무다. 나는 나무다'라는 말을 열 번 반복했다. 조금 효과가 있는 것 같았다.

주택가로 접어든 범인이 작은 편의점으로 들어갔다. 나는 편의점에서 조금 떨어진 '주차금지' 간판 뒤에 웅크리고 앉아 몸을 숨겼다. 산책을 가던 강아지가 간판 다리에 오줌을 싸려다 나를 발견하고는 왕왕 짖었다.

쉿!

나는 사나운 강아지를 바라보며 입술 위에 손가락을 가져다 댔다. 제발 조용히 해 달라는 뜻이다. 그때.

우웅, 우우웅ㅡ.

갑자기 온몸이 떨렸다. 우왓, 간이 떨어질 뻔했다! 그건 진짜로

간이 떨어진다는 말이 아니다. 몹시 놀랐다는 걸 비유하는 말이다. 비슷한 말로 간담이 서늘.

우웅, 우우웅 —.

나는 서둘러 주머니에 손을 넣었다. 휴대폰 진동이 집요하게 이어졌다. 작은 소리에도 지나치게 신경이 곤두섰다. 범인에게 들킬 것 같아 편의점을 힐긋거렸지만 남자가 나오는 기색은 없었다.

휴대폰 화면에는 '아빠♡'라는 이름이 떠 있었다. 나는 잠시 휴대폰을 내려다보았다. 손안의 휴대폰은 계속 우우웅 하고 몸을 떨었다.

"안녕히 가세요."

그 순간 편의점 문이 열리며 범인이 모습을 드러냈다. 손에는 편의점 이름이 새겨진 검정색 비닐봉투를 들고 있었다. 바닥이 납작하고 평평한 걸 보니 맨 아래에 있는 건 도시락이 분명했고, 봉지 위로 머리를 빼꼼 내밀고 있는 건 병맥주가 틀림없었다. 편의점 사장 아들로서 단언할 수 있었다.

범인은 자신이 미행당하고 있다는 사실을 전혀 눈치채지 못했다. 그러니 평소와 같이 도시락을 사고 맥주를 샀을 것이다. 왠지 지금이 아니면 안 될 것 같은 기분이 들었다. 여기서 돌아갈 수는 없었다. 나는 끈질기게 몸을 떠는 휴대폰의 전원을 꾹 눌러 꺼 버렸다. 까맣게 변한 고철 덩어리를 주머니에 넣고 범인의 뒤를 쫓기 시작했다.

주변은 빌라촌이었다. 비슷한 크기에 비슷한 모양의 빌라들이 줄지어 서 있었다. 범인은 그대로 빌라촌을 지나 오래된 연립주택으로 들어갔다. 공동 현관문도 없는 곳이었다. 나는 범인을 놓칠세라 걸음을 서둘렀다. 총 4층짜리 연립주택은 한 층에 다섯 가구가 있는 구조였다.

건물 안으로 들어가자 오싹한 한기가 느껴졌다. 기분 탓인지 바깥보다 더 추운 것 같았다. 낡은 복도 창문 사이로 황소바람이 숭숭 들어왔다. 나는 계단 밑에 쭈그리고 앉아 크게 심호흡을 하고 귀를 기울였다. 바로 위에서 발자국 소리가 들렸다.

발소리와 간격을 두고 조심스럽게 계단을 올라갔다. 범인의 걸음은 곧장 2층 복도로 이어졌다. 그러다 금세 범인의 발소리가 사라졌다. 범인의 흔적을 놓칠까 덩달아 마음이 조급해졌다. 한달음에 계단을 올라가 복도 쪽으로 얼굴을 내미는 순간.

그곳에는 아무도 없었다.

계단을 돌자마자 보이는 다섯 개의 현관문은 하나같이 꽉 닫혀 있었다. 당혹스러웠다. 범인의 발자국이 2층 계단에서 끝난 건 확실했다. 그런데도 범인이 어느 집으로 들어가는지 보지 못했다. 나는 코앞에서 범인을 놓치고 만 것이다!

하지만 범인의 집이 이 중 하나라는 사실은 알게 되었다. 나는 범인의 발소리가 얼마나 오래 이어졌는지 기억해 내려 애썼다. 가장 가까이에 있는 집이 201호이고 가장 끝에 있는 집이 205호니, 그 시간을 기억해 낸다면 대강의 위치를 짐작할 수 있을 거라 생각했기 때문이다.

어?

그때 이상한 의문 하나가 머리를 스치고 지나갔다. 범인의 발소리가 2층 계단으로 이어진 것은 틀림없었다. 내가 바로 뒤에서 쫓고 있었고 다른 사람의 인기척이 들린 것도 아니었으니 헷갈릴 리는 없었다.

그런데 복도를 가로지르는 발소리는 들었던가? 현관문이 열리고 닫히는 소리는? 철문이라 소리가 나지 않았을 리는 없는데.

픽!

무언가 딱딱한 것이 뒤통수를 내리쳤다. 나는 비명도 지르지 못하고 털썩 바닥에 쓰러졌다. 서서히 감기는 눈꺼풀 너머로 검은색 모자를 깊숙이 눌러쓴 남자가 보였다. 남자의 손에는 청테이프로 돌돌 감은 맥주병이 들려 있었다.

남자가 입꼬리만 당긴 채 씩 웃었다. 서서히 멀어지는 의식 사이로 남자의 낮은 목소리가 귀를 파고들었다.

"찾아갈 수고를 덜게 해 줘서 고마워, 이태의."

깜빡깜빡.

눈을 깜빡일 때마다 머리가 지끈거렸다.

왜 이렇게 머리가 아프지? 내가 또 발작을 일으켰나?

통증에도 불구하고 나는 열심히 눈을 깜빡거렸다. 정신을 잃기 전에 무슨 일이 있었는지 떠올리려 노력했다. 일순간 모든 기억이 밀물처럼 쏟아졌다.

무슨 말인가 하려고—물론 나는 말을 하지 못한다—입술을 달싹였지만 입이 움직이지 않았다. 내 입에는 더러운 천이 쑤셔 넣어져 있었다. 콧속으로 장마철 행주 냄새가 끝도 없이 밀려들었다. 웩, 욕지기가 솟아올랐다. 그러나 목구멍이 꽉 막힌 통에 마음대로 토하지도 못했다. 턱이 뻐근했다.

몸을 움직이려고 했지만 그 역시 뜻대로 되지 않았다. 두 손은 등 뒤에서 테이프로 꽁꽁 묶여 있었고 발 역시 청테이프로 둘둘 감겨 있었다. 팔과 다리를 마구 바동거렸지만 실제로는 제자리에서 바르작거렸을 뿐이다.

정신을 잃은 지 얼마나 됐을까? 몇 시간 혹은 몇 분? 도통 가늠이 되질 않았다.

겁에 질린 눈으로 주위를 둘러봤다. 주변이 온통 캄캄했다. 문득 호랑이 굴에 잡혀가도 정신만 차리면 산다는 속담이 떠올랐다. 나는 호랑이 굴에 잡혀 온 게 아니지만 그와 비슷한 처지기는 했다. 그러니 정신만 똑바로 차리면 살 수 있을지도 모른다.

맞은편에 굳게 닫힌 현관문이 보였다. 내가 쓰러져 있는 곳은 주방 겸 거실로 보였고 내 뒤와 옆으로 방문이 하나씩 있었다. 둘 중 하나는 방이고, 하나는 화장실인 것 같았다. 추측건대 아마 연립주택 2층의 어느 집일 것이다.

천천히 주위를 살피던 중 섬뜩한 기분에 나도 모르게 비명을 지를 뻔했다. 머리를 길게 기른 여자가 나를 빤히 내려다보고 있었기 때문이다. 자세히 살펴보니 탁자 위에 놓인 마네킹이었다. 미용 연습을 위한 마네킹인 듯 몸통 없이 얼굴만 덩그러니 있어 정말로 간이 떨어질 뻔했다. 이건 비유법이 아니다.

어, 저건?

내 눈에 익숙한 물건이 보였다. 마네킹 옆에 놓인 까맣고 매끈한 물건은 바로 내 쌍안경이었다! 이로써 여기가 범인의 집이라는 게 한층 더 확실해졌다. 나는 침착하게 상황을 돌이켜 보았다.

불행하게도 범인은 내가 미행하고 있다는 사실을 진작에 눈치채고 있었다. 내가 방심하도록 평소와 똑같이 편의점에 들르고 여유로운 걸음을 가장했던 것뿐이다. 그리고 2층 복도 구석에 숨어 있다가 내 뒤통수를 때려 기절시키고 나를 자신의 집으로 끌고 왔다. 나는 범인의 함정에 빠졌다!

"찾아갈 수고를 덜게 해 줘서 고마워, 이태의."

범인이 마지막으로 했던 말과 섬뜩한 미소가 떠올랐다. 심장이 쿵쿵쿵 사정없이 뛰었다. 범인은 마침내 목격자를 찾았고, 나를 죽일 것이다. 내가 범인에게 끌려가는 모습을 목격한 사람은 아무도 없었다. 두 번의 범죄는 이번에야말로 영원한 어둠 속에 묻히고 말 것이다.

나는 죽고 싶지 않았다. 아빠와 할머니를 슬프게 만들고 싶지도 않았다. 주머니에 든 휴대폰을 꺼내려고 팔을 움찔거렸다. 이럴 줄 알았으면 아빠에게 메시지라도 보내 놓을걸, 이라는 후회가 뒤늦게 머리를 강타했다.

"이걸 찾나?"

그 순간 등 뒤의 문이 열리며 범인이 나타났다. 치지직, 소리를 내며 점멸하던 형광등이 번쩍하고 강한 빛을 내뿜었다. 순식간에 사방이 밝아졌다. 모자를 쓰지 않은 범인이 형광등 아래로 걸어왔다. 그리고 내 휴대폰을 한 손에 든 채 달랑달랑 흔들었다. 나는 경악한 표정을 지었다. 마치 얼음물을 뒤집어쓴 것처럼 온몸이 차갑게 식었다.

이럴 수가!

믿을 수 없는 현실이 눈앞에 있었다. 내 추리는 첫 단추부터 잘못 끼워진 것이었다. 여태껏 내가 찾아 헤맨 범인은……. 그제야 대수롭지 않게 생각했던 단서들이 하나둘 머릿속으로 떠올랐다.

'카페 사장님은 왜 남자 향수를 뿌렸을까?'

'범인은 남잔데 왜 빨간 매니큐어를 발랐지?'

'아, 맞다. 전에 네가 말한 향수를 화장품 가게에서 발견했는데, 여자…….'

어째서 그것들을 깊게 생각하지 않았을까.

"뭐야, 그 귀신이라도 본 듯한 표정은? 내 뒤를 밟던 배짱은 어디 가고?"

범인이 깔깔깔 목을 젖히며 웃었다. 내 눈앞에 있는 범인은 여자였다. 몸이 부들부들 떨렸다. 빨간 매니큐어가 유독 선명하게 뇌리에 박혔다. 나는 성인 여자를 싫어한다. 아니, 무서워한다. 특히 화를 내는 여자는 나를 패닉 상태로 몰고 간다.

호흡이 점점 가빠졌다. 눈앞이 뿌옇게 흐려지며 귓속이 먹먹해졌다. 나는 이것이 무슨 의미인지 알고 있었다. 호랑이 굴에 물려 간 나는 불행하게도 정신을 바짝 차릴 수가 없었다. 의식이 점점 흐려졌다.

"걱정 마. 여기서 널 죽이지는 않을 테니까. 빌어먹을 이 집은 방음이 최악이거든."

삐이—.

귓속에서 이명이 울리기 시작했다. 마치 뇌 속에 벌레가 기어다니는 듯한 끔찍한 감각이 전신을 지배했다. 몹쓸 벌레가 조금씩 신경을 갉아먹는 것 같았다. 모든 감각이 지나치게 예민해졌다. 나는 온몸을 파들파들 떨어 댔다. 눈이 뒤집히고 입술 사이로 침이 새어 나왔다.

머릿속 벌레를 죽이기 위해 방바닥에 쿵쿵 이마를 찧었다. 둔탁한 통증이 신경을 따라 흘렀지만 머리를 가득 채운 이명은 조금도 사그라들지 않았다. 소름이 끼쳤다.

"가만히 있어! 조용히 하라고."

범인이 왈칵 소리를 지르다 갑자기 목소리를 낮췄다. 그러고는 더 이상 내가 머리를 박지 못하게 멱살을 잡아당겼다. 나는 범인의 손에 속절없이 끌려 올라갔다. 내 몸이 축 늘어졌다. 입술 사이로는 여전히 침이 줄줄 흘렀다. 범인이 불쾌한 듯 미간을 찌푸렸다.

"병신 같은 놈."

나는 정신이 없는 와중에도 범인이 어떻게 내 별명을 알고 있는 것인지 궁금했다. 어쩌면 범인은 진작 내 뒷조사를 했는지도 몰랐다. 그륵그륵, 재갈이 물린 입 안에서 숨넘어가는 소리가 났다. 범인이 떠밀 듯이 손을 놨다. 털썩, 내 몸이 바닥으로 고꾸라졌다.

범인이 천천히 내 옆에 쪼그리고 앉았다. 날카로운 눈초리가 뺨에 꽂히는 게 생생하게 느껴졌다. 범인이 내 귓가에 대고 조용히 속삭였다. 조금 전과 달리 부드럽고 상냥한 목소리였다.

"네가 여기 온 걸 아는 사람이 또 있어?"

나는 고개를 저었다. 그러고 나서야 어쩌면 거짓말을 하는 게 좋았을지도 모른다는 생각을 했다. 내가 여기에 왔다는 사실을 아무도 모른다면 범인이 나를 죽이는 데 더 이상 망설일 이유가 없기 때문이다. 하지만 나는 거짓말이 서투르다. 어차피 거짓으로 둘러댄다고 해도 결국 범인에게 들키고 말았을 것이다.

"흐음, 좋아. 거짓말은 아닌 것 같네."

한동안 내 얼굴을 빤히 들여다보던 범인이 만족스레 웃었다.

그러다 이해가 가지 않는다는 듯 고개를 갸웃거렸다. 까만 커트 머리가 귀밑에서 부스스 흩어졌다.

"그런데 나를 어떻게 찾았지?"

나는 욱욱거리는 소리를 냈다. 그러나 그 소리는 재갈 안에서 스러질 뿐이었다. 범인이 가볍게 어깨를 으쓱였다.

"궁금하긴 하지만 어쩔 수 없지. 재갈을 풀어 주면 소리를 지를 거잖아. 말했다시피 여기는 방음이 안 좋거든. 괜히 의심받을 짓은 안 하는 게 좋으니까."

범인이 혼잣말을 중얼거렸다. 이상했다. 내 뒷조사를 한 범인이 내가 소리를 지를 수 없다는 사실은 모르고 있었다.

"하긴, 그날 밤에도 그곳에 누군가 있을 거라고는 생각도 못 했거든. 젠장, 그 계집애가 모든 걸 폭로하겠다고 협박하지만 않았어도 일이 이렇게까지 꼬이지는 않았을 텐데. 이게 다 걔 때문이야. 망할."

범인이 손톱을 잘근잘근 물어뜯었다. 나는 여전히 이명에 시달리고 있었다. 혼란한 머릿속으로 범인의 목소리가 일방적으로 흘러 들어왔다.

"내가 예전에 아주 잠깐 소년원에 다녀온 적이 있거든. 어릴 때는 누구나 실수를 저지르잖아. 뭐, 아주 사소한 실수였단 말이야. 열받게 하는 애를 죽기 직전까지 팬 게 그리 큰 잘못은 아니잖아? 게다가 죗값도 다 치르고 나왔어. 지금은 마음 잡고 착실하게 살고 있는데, 이제 와서 과거를 들먹이며 소문을 내네 마네 하니까 나도 모르게 욱해서 그만.

너도 그렇게 생각하지? 나도 어쩔 수 없었다고. 내 잘못이 아니라 협박을 한 그 애 잘못이잖아."

나는 아무 말도 할 수 없었다. 이명이 사라지는 자리를 공포가 대신 메웠다. 범인의 눈동자에는 초점이 없었다. 나는 그런 눈을 잘 알고 있었다. 꽁꽁 묶어 놓은 기억의 봉지가 자꾸만 입을 벌렸다.

"응? 말해 보라고. 왜 말을 못 해! 이게 다 걔 잘못이잖아. 나는 아무 잘못 없단 말이야! 기껏 아는 사람도 없는 지방으로 와서 취직했는데, 소년원에서 배운 기술로 새 삶을 살아 보려고 했는데, 하필이면 여기서 만날 건 뭐란 말이야? 그것도 그렇게나 입이 싼 계집애를.

나도 남들처럼 평범하게 살려고 노력했단 말이야! 그런데 사람을 깔보는 듯한 눈으로 '미용실 사람들은 네가 옛날에 무슨 짓을 저질렀는지 알아?'라며 실실 웃는데 열이 안 받고 배기겠냐고! 걔가 내 일상을 송두리째 흔들었다고!"

범인의 목소리가 점점 더 격앙되었다. 나는 정말로 겁에 질렸다. 몸이 부들부들 떨렸고 내 의지와 상관없이 눈물이 났다. 툭 터진 눈물이 빰을 타고 서서히 흘러내렸다.

"네가 이렇게 된 것도 모두 네 잘못이란 말이야. 누가 그런 곳에 있으래? 누가 그 장면을 보랬냐고! 네가 안 봤으면 이런 일도 없었을 것 아냐!"

나는 살인사건의 유일한 목격자였다.

"하아아."

크게 심호흡을 한 범인이 오른손을 들어 내 뺨을 어루만졌다. 그러고는 정성스럽게 눈물을 닦아 주었다. 하지만 나는 타인의 손길을 끔찍하게 싫어한다. 범인과 나 사이에는 어떠한 친분도 없었다.

온몸에 소름이 돋았다. 비명을 지르고 싶었다. 그의 손을 피해 뒤로 물러섰다. 균형을 잃은 몸이 비틀거리다 쿵 넘어지며 커다란 소리를 냈다. 범인이 대번에 도끼눈을 떴다.

"조용히 하라고 했잖아! 죽고 싶어? 그렇게 죽고 싶으면 죽여 주지. 죽어!"

범인이 내 목을 조르기 시작했다. 그 순간 범인의 목소리 위로 또 하나의 목소리가 겹쳐지기 시작했다. 범인의 것보다 높고 날카로운, 악의에 가득 찬 목소리였다. 공포에 짓눌린 몸이 주체할 수 없이 떨렸다. 컥컥, 밭은 숨이 새어 나왔다. 범인의 얼굴이 서서히 일그러지더니 이윽고 낯익은 얼굴로 변했다.

"죽어, 죽어! 너 때문에 되는 일이 하나도 없어!"

"어, 엄마. 잘못했어요, 엄마……."

나는 겁에 질린 얼굴로 방구석에 웅크리고 앉아 치밀어 오르는 울음을 삼켰다. 이럴 때 소리 내어 울면 엄마의 화를 부채질하고 만다. 훌쩍훌쩍, 미처 삼키지 못한 울음소리가 입술 사이로 새어 나왔다.

"누가 네 엄마야! 제발 조용히 해. 닥치고 있으라고! 너 때문에 머리가 아프단 말이야. 머리가 깨질 것 같다고!"

방문 사이로 시큼한 냄새가 흘러들었다. 음식이 썩는 냄새다. 나는 그 냄새가 역겨워 "엄마, 토할 것 같아"라고 했지만 화가 난 엄마의 귀에는 닿지 않았다. 결국 나는 더 이상 참지 못하고 우웩, 하며 속에 든 것을 모두 게워 내고 말았다.

엄마의 눈빛이 돌변했다. 짜증스럽던 눈빛이 순식간에 사나운 빛을 띠었다. 엄마가 내 멱살을 쥐고 마구잡이로 흔들었다. 빨간 매니큐어가 흔들리는 망막을 가득 채웠다.

"너 일부러 그러는 거지? 나를 미치게 만들려는 거지! 아니면 이럴 수가 없어!"

"아, 아니에요, 엄마. 미안해요."

"제발 그 입 좀 다물라고! 엄마라는 소리 좀 그만하라고!"

"흐윽, 흑, 으아아앙."

나는 더 이상 흐느낌을 참지 못하고 울음을 터뜨렸다. 시끄러운 건 내가 아니라 엄마였다. 엄마의 날카로운 목소리가 내 머릿속으로 들어와 낡은 못처럼 신경을 박박 긁었다.

엄마는 내 울음소리가 더 듣기 싫은 모양이었다. 엄마가 나를 이불에 처박았다. 그러고는 내 입에 언제 빨았는지 모를 누런 이불을 쑤셔 넣었다. 퀴퀴한 냄새에 다시 속이 울렁거렸다.

"시끄러워! 닥쳐!"

나는 손이 많이 가는 아이였다. 혼자만의 생각에 빠질 때가 많았고, 아무 이유 없이 벽에 머리를 박기도 했으며, 가끔은 방 안에서 뱅글뱅글 맴을 돌기도 했다. 가슴이 답답하고 머리가 터질 것 같을 때는 괴성을 지르며 집 안을 마구 뛰어다니기도 했다. 그리고 엄마는 남들과 다른 나를 이해하지 못했다.

내가 갓난아기였을 때 아빠와 이혼한 엄마는 끝까지 양육권을 양보하지 않았다고 한다. 그것은 나에 대한 애정이 아니라 아빠에 대한 복수심 때문이었다. 긴 분쟁 끝에 마침내 나를 쟁취한 엄마는 그럼에도 불구하고 우울증에 시달렸다. 이혼의 원인은 알 수 없지만 엄마가 원한 게 아니었다는 사실만큼은 분명했다.

아빠는 약속대로 꼬박꼬박 양육비를 보내 줬다. 하지만 나는 하루 세 끼를 먹는 것도 어려울 만큼 늘 배고픔에 시달려야 했다. 뱃가죽이 등가죽에 들러붙었을 때는 쓰레기통을 뒤져 썩은 음식을 주워 먹기도 했다. 그러고는 코를 찌르는 역겨운 냄새에 다시 토악질을 하곤 했다.

엄마는 한번 집을 나가면 며칠씩 들어오지 않는 날이 허다했는데 주로 양육비가 들어오는 날에 그랬다. 예쁘게 화장을 하고 향수를 뿌린 엄마가 외출을 하고 나면 고작 다섯 살 먹은 어린아이는 혼자서 집을 지켜야 했다. 음식도 없고 보일러도 돌아가지 않는 집 안에서 나는 무릎을 끌어안은 채 엄마가 돌아오기만을 기다렸다.

그렇다고 집 밖으로 나갈 수도 없었다. 엄마는 내게 현관문 밖으로 나가면 안 된다고 수차례 이야기했고, 그 말을 어기면 불같이 화를 냈기 때문이다. 한번은 "정 그렇게 나가고 싶으면 나가봐!"라며 나를 창문 밖으로 던지려고 한 적도 있었다. 그 후로 나는 현관문 근처에는 얼씬도 하지 않았다.

내 세계에서 유일한 타인은 엄마였고, 엄마는 나의 생존에 절대적인 존재였다. 그렇기에 나는 엄마의 말을 거스를 수가 없었다.

그러던 어느 날이었다.

"시끄러워! 시끄럽다고. 이게 다 너 때문이야! 반병신이 태어나서 내 인생을 다 망쳤어. 너 같은 건 태어나지 말았어야 해!"

엄마가 악담을 퍼부으며 나를 때리기 시작했다. 그건 새삼스러운 일이 아니었다. 날카로운 말들은 가시가 되어 내 심장에 예리한 상처를 냈다. 가시에 찔린 심장이 따끔거렸다. 그 통증은 점점 커져 엄마가 때리는 등보다 심장 언저리가 더 아플 정도였다. 그래서 나는 가슴을 부둥켜안았다. 엄마가 더 이상 내 심장에 가시를 박지 못하도록.

도망칠 곳이 없었다. 내가 할 수 있는 일이라곤 날아오는 폭력에 잔뜩 몸을 웅크린 채, 이 악몽 같은 순간이 어서 빨리 지나가길

기도하는 것뿐이었다. 그처럼 비일상적인 사건은 내게 늘 일상처럼 일어났다.

언제 잠이 들었는지 알 수 없었다. 아마 울다가 지쳐서 쓰러지듯 눈을 감았을 것이다. 익숙한 일이었으니 그 또한 새삼스럽지는 않았다. 그러나 내가 깨어난 후 본 것은 평소와 다른 풍경이었다.

"엄마? 엄마, 배고파."

엄마의 발이 허공에 떠 있었다. 고개를 들자 천장에 매달린 엄마의 몸뚱이가 보였다. 나는 그것이 무엇을 의미하는지도 모른 채 혀를 늘어뜨린 엄마의 얼굴이 무서워 울음을 터뜨리고 말았다. 빨간 매니큐어를 칠한 손가락이 내 눈앞에서 흔들렸다. 엄마는 내게 시끄럽다는 말도, 조용히 하라는 말도 하지 않았다. 그건 더 이상 일상적이지 않았다. 아마도 엄마는 내가 너무 시끄러워서 아주 멀리 도망간 모양이었다.

집주인인 할머니가 현관문을 열기 전까지 나는 닷새 동안 혼자 있었다. 배가 고프면 썩은 음식을 먹고, 심심하면 베란다에서 바깥 풍경을 구경하며. 아, 혼자는 아니었다. 엄마의 시체와 함께였으니.

그 후로는 어쩐지 기억이 희미했다. 평생 본 것보다 훨씬 많은 사람을 만나느라 도무지 정신을 차릴 수가 없었던 탓이다. 경찰차를 탄 것 같기도 했고, 의사를 만난 것 같기도 했다. 만나는 사람마다 내게 수많은 질문을 던졌다. 하지만 나는 아무 말도 하지 못했다. 어째서인지 목소리가 나오지 않았다.

다만 분명하게 기억나는 건 처음 보는 남자가 나를 끌어안으며 엉엉 울었다는 것이다. 나는 어른이 우는 걸 그때 처음 보았다. 낯선 사람이 나를 끌어안는 게 싫어서 나는 남자의 품에서 벗어나려 바르작거렸다. 마침내 나를 품에서 떼어 낸 남자가 자신을 나의 아빠라고 소개했다.

"태의야, 네게 이런 끔찍한 일이 벌어지고 있었는데 아빠가 미처 몰랐구나. 미안하다. 이 일을 어쩌면 좋으냐. 많이 아팠지, 우리 아들?"

의사는 눈물범벅이 된 아빠에게 내가 지속적으로 학대를 당한 것 같다고 했다. 오래된 멍과 생긴 지 얼마 되지 않은 멍이 공존한다고 했으며, 위 속에서는 음식물의 흔적을 찾아볼 수 없었다는 말도 했다. 그리고 정신과는 12층에 있다는 말도 덧붙였다.

아빠는 내 손을 꼭 쥐고서 조용히 눈물을 흘렸다. 나는 아빠에게 잡힌 손을 뺐다. 아빠가 알 수 없는 표정으로 웃었다. 나는 그게 참 이상했다. 엄마라면 나를 노려보며 손찌검했을 것이다. 그리고 "네가 감히 나를 거부해! 네가 뭔데? 내가 아니면 살아갈 수도 없는 버러지 주제에!"라고 고함을 질렀겠지.

그러나 아빠라는 사람은 내게 화를 내지 않았다. 소리를 지르지도 않았다.

"태의야, 걱정하지 마라. 이제 아빠가 있으니 더는 걱정할 것 없단다. 우리 태의, 사랑스러운 우리 태의. 이제부터는 아빠가 지켜 주마. 약속할게, 다신 누구도 너를 함부로 대할 수 없을 거란다."

그 뒤로도 나는 여전히 말을 할 수 없었다. 갑자기 그렇게 되었지만 나는 불편하거나 불안하지 않았다. 아니, 오히려 말을 할 수 없다는 게 다행스러운 것 같기도 했다. 더 이상 누군가를 화나게 할 일도, 또 누군가를 죽게 만들 일도 없으니까.

하지만 이 순간, 나는 절실히 소리치고 싶었다. 내 생애 가장 큰 소리로 외치고 싶었다.

아빠! 살려 주세요, 아빠!

재갈 사이로 "읍, 읍!" 하는 소리가 새어 나왔다.

"닥쳐. 닥치라고!"

범인이 나를 위협하듯 나지막하게 으르렁거렸다. 그러나 나는 멈추지 않았다. 온몸을 버둥거리며 바닥에 쿵쿵 머리를 찧었다. 범인이 초조하게 입술을 깨물었다. 내 목을 조르던 손이 떨어져 나갔다.

하악하악, 나는 재빨리 숨을 들이쉬었다. 요거트처럼 달콤한 공기가 가슴 깊숙이 밀려 들어왔다.

그때 발소리가 들렸다. 복도를 걸어오는 발소리였다. 바스락거리는 비닐봉지 소리도 들렸다. 범인은 마른침을 꿀꺽 삼켰다. 점차 가까워지던 발소리는 이윽고 현관문 앞을 지났고, 잠시 후 옆집 현관문이 열렸다 닫히는 소리가 들렸다. 다시 침묵이 내려앉았다.

범인의 시선이 싱크대로 향했다. 청테이프가 감긴 맥주병이 거기 있었다. "이런 젠장!" 맥주병을 움켜쥔 범인이 그것을 휘둘렀다.

퍼억.

눈앞에 별이 반짝였다. 머리를 내리치려한 맥주병은 내가 바동거리는 바람에 어깨를 때리는 데 그쳤다. 오른쪽 어깨에 둔탁한 통증이 퍼졌다. 맞은 부위가 화끈 달아오르고 욱신거리기 시작했다. 나는 고통을 삼키려고 한껏 몸을 웅크렸다.

씨익씩, 거친 숨을 내쉬던 범인이 손목시계를 힐긋거렸다. 그의 표정이 한층 더 조급하게 변했다.

"왜 이렇게 시간이 안 가?"

범인이 다시 나를 내려다보았다. 퍽, 이번에는 정확하게 머리를 내리쳤다. 머릿속이 통증으로 가득 찼다. 그 덕분에 나를 괴롭히던 이명이 사라졌다. 엄마의 얼굴도 지워졌다. 내게 맥주병을 겨눈 범인이 별안간 킬킬대며 웃음을 터뜨렸다.

"얌전히 있어. 12시가 되면 아무도 몰래 강 아래로 떨어뜨려 줄 테니까. '비행 청소년, 밤늦게 거리를 배회하다 실족사!' 어때, 너를 위한 헤드라인인데. 마음에 들어?"

눈물이 줄줄 흘렀다. 나는 죽을지도 모른다. 그 생각을 하니 문득 아빠가 보고 싶어졌다. 나를 사랑한다고 말하는 아빠가.

나는 사랑이 뭔지 잘 모른다. 아빠가 사랑한다는 말을 해 달라고 여러 번 졸랐지만 그 말을 해 준 적이 단 한 번도 없었다. 나는 거짓말이 서툴다. 사랑하지도 않는데 사랑한다고 했다가는 눈치 빠른 아빠에게 들킬지도 모른다. 그러니 차라리 아무 말도 하지 않는 게 나았다.

하지만 아빠라면 내 머리를 만져도 참을 수 있었다. 내 팔을 건드려도 1분 정도는 괜찮았다. 아빠에게는 요거트아이스크림도 세 숟가락이나 양보할 수 있었다. 그것이 사랑이라면 나는 아빠를 사랑했다.

'아빠.'

나는 눈물을 흘리며 마음속으로 아빠를 불렀다.

쾅쾅쾅.

그때 누군가 현관문을 두드렸다. 범인이 흠칫 등을 곧추세웠다. 나는 간절한 눈으로 현관문을 바라보았다. 문 너머에 있는 사람이 아빠이길 진심으로 바랐다. 현실적으로는 불가능한 일이라는 걸 안다. 애초에 아빠는 내가 어디에 있는지조차 몰랐기 때문이다.

범인은 그대로 숨을 죽였다. 그러나 문을 두드리는 소리는 멈추지 않았다. 범인이 나를 질질 끌어 거실 한쪽 구석에 밀어 두었다. 현관에서 보이지 않는 사각지대다. 맥주병을 든 범인의 손에 바짝 힘이 들어갔다.

"저기요, 아랫집에 사는 사람인데요. 문 좀 열어 봐요. 집에 있는 거 다 압니다!"

나는 그 사람이 아빠가 아닐 거라는 사실을 예상했으면서도 처음 듣는 목소리에 실망을 감추지 못했다. 문 밖의 남자는 꽤나 불만스러운 듯했다. 우렁우렁한 목소리는 온 동네를 깨울 것만 같았다. 그제야 범인이 미적미적 현관문으로 향했다. 안전 고리를 건 채 손가락 한 마디쯤 문을 연 범인이 빼꼼 눈만 내밀었다.

"무슨 일……."

"도대체 뭘 하길래 아까부터 이렇게 시끄러워요? 여기가 공동주택이라는 건 알죠? 우리 서로 매너는 좀 지킵시다."

"죄송합니다."

범인은 일을 크게 만들고 싶지 않은지 최대한 정중하게 사과했다. 나는 힘껏 몸을 뒤틀었다. 그러나 꽁꽁 묶인 몸은 내 뜻대로 움직여 주질 않았다. 나는 머리로 바닥을 쿵쿵 찧기 시작했다. 누군가 나를 알아주길 바라며.

범인의 어깨가 흠칫 굳었다. 긴장한 기색이 느껴졌다. 꿀꺽, 마른침 넘어가는 소리가 천둥소리처럼 크게 들리는 것 같았다. 범인은 등 뒤에 감춘 맥주병을 꽉 움켜쥐었다. 아래층 남자가 의심스러운 눈으로 문 틈새를 힐긋거렸다. 범인이 몸으로 남자의 시선을 슬그머니 가렸다.

"거 봐요, 또 쿵쿵거리잖아요. 도대체 뭘 하는 거요?"

"오랜만에 조카가 놀러 와서요. 뛰지 못하게 당장 혼낼게요. 야,

꼬맹이. 조용히 안 해? 너 때문에 아랫집에서 올라오셨잖아. 엄마한테 이른다?"

범인이 뒤를 돌아보며 짐짓 목소리를 높였다. 남자의 목소리가 한층 누그러졌다.

"아이가 그런다는데 뭐라 할 수도 없고. 거, 앞으로는 조심 좀 해 줘요."

"예, 알겠습니다. 죄송합니다."

남자가 돌아가는 발소리가 들렸다. 나는 깊은 절망에 빠졌다. 어쩌면 이것이 유일한 기회였을지도 모른다. 하지만 아랫집 남자는 나의 존재를 전혀 눈치채지 못했다.

쾅, 문을 닫고 돌아서는 범인의 얼굴이 험악했다. 맥주병을 치켜든 범인이 내게로 성큼성큼 다가왔다.

"만약을 위해 내 집에 흔적을 남기는 건 최대한 피하려고 했는데 말이야. 네가 그렇게 날뛴다면 어쩔 수 없지. 말이 안 통할 때는 매가 약이니까."

나는 또다시 겁에 질렸다. 범인의 눈동자에 살기가 번득였다. 이번에야 말로 진짜로 죽는구나. 금세 눈물이 차올랐다. 나는 범인을 향해 고개를 저었다. 다시는 떠들지 않겠다는 의미였다. 그러나 범인의 화는 누그러지지 않았다.

"누가 네 말을 믿을 줄 알고! 너는 따끔한 맛을 봐야 해. 이리 와! 이리 안 와?"

나는 범인에게서 도망가려 최선을 다했다. 그러나 내 몸은 겨우 3센티미터 정도 움직였을 뿐이다. 그가 맥주병을 치켜들었다. 그 순간.

쿵!

어디선가 묵직한 물체가 떨어지는 소리가 났다. 잔뜩 신경을 곤두세우고 있던 범인이 흠칫, 소리가 난 곳으로 고개를 돌렸다. 안방 쪽이다. 범인은 잠시 귀를 기울였다. 나 역시 귀를 쫑긋 세웠다. 그러나 그곳에서는 더 이상 어떤 소리도 들리지 않았다.

"흥, 위층에 사는 사람이 또 몰래 쓰레기를 던졌나 보네. 하여간 이 동네 사람들은 양심이라곤 눈을 씻고 봐도 찾을 수가 없다니까. 누구는 돈이 넘쳐 나서 쓰레기봉투를 사나? 저런 이기적인 인간들은 싹 다 죽어 버렸으면 좋겠는데."

범인이 못마땅한 듯 혀를 찼다. 나는 쓰레기 무단 투기와 살인, 두 가지 중 어느 것이 더 양심 없는 짓일까 생각했다. 아무래도 범인과 나 사이에는 견해차가 존재하는 모양이었다.

범인이 다시 나를 내려다봤다. 그와 눈이 마주치는 순간 나는 그대로 얼어붙고 말았다. 범인의 눈동자가 마치 파충류처럼 번들거렸기 때문이다. 심장이 싸늘하게 식을 만큼 섬뜩한 눈빛이었다. 범인이 다시 맥주병을 치켜들었다. 저걸 내리치면 내 머리는 산산조각이 날 것이다. 나는 두 눈을 질끈 감았다.

어릴 때 사자가 무서웠던 적이 있다. 사자가 물소를 잡아먹는 다큐멘터리를 본 다음부터였는데, 어찌나 무서웠던지 혼자서는 화장실도 가지 못할 정도였다. 그 커다란 물소도 제대로 된 반항 한 번 하지 못하고 날카로운 이빨에 찢기는데 물소보다 훨씬 작은 나는 사자에게 간식거리도 되지 않을 것 같았다.

그날 밤, 침대에 누운 나는 밤이 늦도록 잠들지 못했다. 침대맡에서 동화책을 읽어 주던 아빠가 심상치 않은 기색을 느꼈는지 무슨 일이냐고 물었다. 나는 솔직히 대답했다. 내 전용 작은 칠판에 삐뚤삐뚤한 글씨를 적었다.

자는 사이에 사자가 와서 잡아먹을 것 같아요.

그 말만으로도 아빠는 무슨 일인지 단번에 눈치챘다. 천천히 동화책을 덮은 아빠가 온화한 목소리로 말했다.

"걱정 말거라. 우리나라에는 사자가 살지 않거든. 동물원에는 몇 마리 산다만 튼튼한 우리에 갇혀 있으니까 탈출할 염려는 없지."

그럼 사자는 어디에 살아요?

"아까 다큐멘터리에 나왔던 것처럼 남아프리카 사바나에 산단다. 비행기로 열여덟 시간도 더 걸리는 아주 먼 나라지."

하지만 비행기를 타고 올 수도 있잖아요.

"사자는 여권이 없어서 비행기를 못 탈걸, 아마?"

그래도 나는 걱정이 됐다. 눈을 감으면 사자가 침대 위에 있을 것만 같았다. 내가 와들와들 떨자 아빠가 다시 입을 열었다.

"좋아. 우리 태의가 무섭지 않도록 아빠가 굉장한 주문을 하나 가르쳐 주마."

나는 궁금한 눈으로 아빠를 올려다봤다. 이불을 목까지 당겨 준 아빠가 "무서울 때는 마음속으로 아주 커다랗게 '아빠!' 하고 외치는 거란다" 하고 말했다. 나는 아빠 말이 이해가 되지 않았다.

"그럼 아빠가 바로 달려오마."

마음속으로 하는 말을 아빠가 어떻게 들어요?

"이건 비밀인데 아빠에게는 초능력이 있거든. 태의가 간절하게 외치는 소리는 들을 수 있단다."

그럼 전에 아빠가 휴대폰은 중학교 가야 사 준다고 했을 때, 제가 '아빠 바보!'라고 소리친 것도 들었어요?

"하하하. 물론이지."

나는 두 눈을 동그랗게 떴다. 앞으로는 아빠 험담을 크게 하지 않도록 조심해야겠다고 생각했다.

작게 말하면 못 듣죠?

내 걱정에 아빠가 또 한 번 커다란 웃음을 터뜨렸다. 그러고는 귀여워서 참을 수 없다는 듯 내 이마에 쪽 하고 뽀뽀를 했다. 나는 눈매를 찡그리며 잠옷 소매로 이마를 박박 닦았다.

아빠 말은 거짓이 아니었다. 내가 악몽에 시달릴 때면 어김없이 아빠가 침대맡을 지키고 있었다. 사자 다큐멘터리를 봤을 때, 공포영화를 보고 잠들었을 때, 초등학교에 입학하기 전날. 그때마다 나는 무서운 악몽에 시달렸는데, 꿈속에서 아빠를 부르면 현실 속의 아빠가 나를 흔들어 깨웠다. 그리고 땀에 젖은 머리카락을 넘겨 주며 "거봐, 아빠가 달려왔지?" 하고 웃었다.

맥주병을 든 범인의 팔에 불끈하고 힘이 들어갔다. 나는 다가올 충격에 와들와들 떨며 마음속으로 힘껏 '아빠!' 하고 불렀다. 어떤 악몽 속에 있는 것보다도 간절하고 커다랗게.

"꼼짝 마!"

낯선 목소리가 범인과 나 사이에 불쑥 끼어들었다.

"뭐, 뭐야. 당신 누구야?"

범인이 당혹스러운 듯 말을 더듬었다. 나는 슬그머니 실눈을 떴다. 어떻게 된 일인지 확인하려고 주변을 둘러봤다. 갑자기 나타난 낯선 남자는 현관문이 아니라 안방 문 앞에 서 있었다. 그리고 범인을 향해 권총 아니, 테이저건을 겨누고 있었다.

공범인가?

눈앞의 낯선 남자는 지명수배자 전단지에 등장할 것처럼 흉악하게 생겼다. 하지만 공범이라면 범인에게 테이저건을 겨눌 이유가 없잖아? 나는 여전히 영문을 알 수 없었다.

"아니, 당신은 아까 그? 그런데 당신이 왜……."

범인이 슬그머니 눈살을 찌푸렸다. 이 상황이 혼란스러운지 범인의 눈동자가 흔들렸다. 그러고 보니 남자의 목소리가 제법 익숙했다. 저 목소리를 어디서 들었더라.

나는 욱신거리는 머리로 기억을 더듬으려 애썼다. 그러나 오래 생각할 것도 없었다. 조금 전, 현관문 너머에서 들리던 아래층 남자의 목소리와 똑같았기 때문이다.

"이런 젠장! 나를 속였겠다!"

모든 것을 알아챈 범인이 인상을 구겼다. 그러고는 남자를 향해 손에 들고 있던 맥주병을 집어 던졌다. 동시에 현관문을 향해 달리기 시작했다. 남자는 날아오는 맥주병을 가볍게 피하고 민첩한 동작으로 범인을 향해 몸을 날렸다.

"으윽!"

쿠당탕.

범인과 남자가 바닥에 뒹굴면서 큰 소리가 났다. 아래층 사람이 화를 내며 올라올 만큼 큰 소리다. 하지만 아래층 남자는 지금 내 눈앞에 있었다.

아니, 아래층 남자가 맞나?

나 역시 범인만큼이나 혼란스러웠다. 순식간에 범인을 제압한 남자가 험상궂은 표정으로 범인을 노려봤다. 범인보다 더 범인 같은 얼굴이었다.

"납치 및 감금, 폭행 혐의로 당신을 체포합니다. 당신은 변호인을 선임할 권리가 있으며 변명의 기회가 있고, 체포구속적부심을 법원에 청구할 권리가 있습니다."

"빌어먹을, 이거 놔! 놓으란 말이야!"

남자가 허리춤에서 수갑을 꺼냈다. 범인은 마지막까지 발버둥을 쳤지만, 곰 같은 덩치의 남자를 이길 수는 없었다. 철컥하는 소리와 함께 딱딱한 수갑이 채워졌다. 범인의 표정이 일그러졌다.

나는 남자가 범인에게 한 말을 알고 있었다. 그것은 미란다원칙이다. 미란다원칙은 경찰이 범인을 체포할 때 고지하는 말이다.

그렇다면 남자는 경찰일까? 나는…… 살았나?

"일어나!"

남자가 수갑 찬 범인을 일으켜 세운 뒤 나를 돌아봤다.

"네가 이태의냐?"

나는 고개를 끄덕였다. 경찰이 어떻게 내 이름을 알고 있는지 궁금했다. 아니, 정말로 눈앞의 남자가 경찰인지도 궁금했다. 하지만 내 궁금증은 바로 풀리지 않았다. 내가 그 자리에서 정신을 잃었기 때문이다.

차라리 잘됐다. 뚜벅뚜벅 걸어온 아저씨가 내 몸을 안아 든 느낌이 어렴풋이 났다. 나는 낯선 사람이 내 몸에 손을 대는 걸 끔찍하게 싫어한다. 그러니 마침 정신을 잃어서 다행이었다.

멀리서 들리던 경찰차 사이렌 소리가 점점 가까워졌다.

아빠

다시 눈을 떴을 때는 병원이었다. 익숙한 흰 천장과 벽이 보이고 병원 특유의 텁텁한 공기가 느껴졌다. 나는 몇 번이나 눈을 깜빡였다. 차츰 시야가 선명해졌고 머릿속에 수많은 생각이 빠르게 지나갔다. 범인과 나 그리고 경찰 아저씨까지.

"태의야, 정신이 드니?"

초조한 목소리에 고개를 돌리자 걱정스러운 표정의 아빠가 보였다. 아니, 저건 걱정스러운 표정이 아니다. 울 것 같은 표정이기도 했고, 어쩔 줄 몰라 하는 표정인 것 같기도 했다. 비교적 명확한 표정을 짓는 아빠치고는 드물게 복잡한 표정이었다. 나는 아빠가 무슨 생각을 하는지 알 수 없었다. 뒤늦게 고개를 끄덕였다.

"아아, 다행이다."

아빠가 온몸에 힘이 빠진 듯 털썩 주저앉았다. 그러고는 두 손

에 얼굴을 묻었다. 아빠 얼굴이 보이지 않았다. 가슴이 조마조마
했다. 가출을 했다가 병원에서 만난 날처럼 아빠가 화를 낼까 봐
두려웠다. 나는 아빠가 화를 내는 게 싫었다.

순간 아빠의 몸이 가늘게 떨리기 시작했다. 나는 한층 더 사색
이 되었다. 사실 아빠가 화를 내는 것보다 우는 게 더 싫었기 때문
이다. 아빠가 화를 내면 심장이 벌렁거렸지만 아빠가 울면 심장
이 따끔거렸다.

"정말 다행이다."

한숨 같은 목소리가 아빠의 손바닥 사이로 비어져 나왔다. 아
빠는 그 말밖에 모르는 사람처럼 몇 번이나 다행이라는 말을 반
복했다. 마침내 아빠가 손바닥을 거두고 나를 똑바로 바라봤다.

"도대체 어떻게 된 거니?"

나는 아빠가 화를 내거나 울고 있을 거라고 생각했다. 하지만
아빠의 얼굴은 평소와 다름없었다. 다정하고 상냥한 눈동자가 나
를 담고 있었다.

휴우, 정말 다행이야.

나는 아빠가 방금까지 했던 말을 따라 하며 안도의 한숨을 내
쉬었다. 그러다 아빠의 물음에 또다시 기억을 뒤적였다. 하루에
두 번 기절한 것은 처음이라 아직도 머리가 욱신거렸다.

범인은 어떻게 되었을까? 경찰이 체포한 걸까? 갑자기 나타난
그 아저씨는 누구지? 어떻게 알고 그곳에 왔을까? 분명 내 이름을

알고 있었어. 어디서 만난 적이 있었나? 나는 처음 본 사람인걸?

궁금한 것이 많았다. 하지만 어찌 된 일인지 손가락 하나 까딱할 힘이 없었다. 눈꺼풀이 무거웠다. 나도 모르는 새 또다시 스르르 잠이 들었다.

다시 깨어났을 때는 창으로 들어오는 햇살이 붉은빛을 띨 무렵이었다. 아빠는 언제나 그렇듯 내 곁을 지키고 있었다.

"잘 잤니?"

휴대폰을 보고 있던 아빠가 내게 인사했다. 그저 눈만 깜빡였을 뿐인데 내가 일어난 것을 어떻게 알았을까? 아빠는 정말로 초능력이 있는지도 모른다. 나의 슈퍼 히어로.

"목마르지는 않니? 배고프지는 않고?"

그 말을 듣고 보니 갈증이 일었다. 허기가 지는 것도 같았다. 고개를 끄덕이려는 찰나 문 열리는 소리가 들렸다. 아빠가 먼저 문쪽으로 고개를 돌렸고 나도 덩달아 시선을 던졌다.

붉은 햇빛을 받으며 누군가 병실 안으로 터벅터벅 걸어 들어왔다. 곰 같은 덩치에 범인처럼 흉악한 인상을 지닌 그 사람은 바로 경찰 아저씨였다. 아빠와 눈이 마주친 경찰 아저씨가 살짝 눈인사를 하며 침대로 다가왔다. 그러고는 내게 시선을 던졌다. 경찰 아저씨가 슬쩍 눈썹을 치켜올렸다.

"깨어났구나."

목소리도 곰 같았다. 경찰 아저씨가 의자를 당겨 와 내 옆에 앉왔다. 아빠는 짧게 한숨을 쉬더니 냉장고에서 꺼낸 음료수를 경찰 아저씨에게 건넸다.

나는 그 음료수를 빤히 쳐다보았다. 내가 좋아하지 않는 매실주스다. 다행이었다. 요거트를 줄까 봐 마음이 조마조마했기 때문이다. 아빠에게는 요거트를 양보할 수 있지만 경찰 아저씨에게는 아니다. 우리는 그만큼의 친분이 없었다.

"이거 참, 고맙습니다."

경찰 아저씨가 넉살 좋게 웃으며 매실주스를 꿀꺽꿀꺽 마셨다. 한입에 매실주스를 모두 마시고 빈 병을 내려놓은 경찰 아저씨가 나를 보며 씩 하고 웃었다.

"안녕? 구면이구나. 나는 김기태 형사라고 한다. 네 몸이 괜찮은지 궁금해서 한번 들러 봤다. 음, 생각보다 괜찮아 보이는구나."

두툼한 손으로 머리를 긁적이던 경찰 아저씨가 나와 눈이 마주치자 부드러운 목소리로 "혹시 무슨 일이 있었는지 얘기해 줄 수 있겠니?" 하고 물었다.

손가락을 까딱여 보았다. 움직이는 데 문제는 없었다. 나는 천천히 고개를 돌려 아빠를 바라보았다. 그것만으로도 아빠는 내가 무슨 말을 하고 싶은지 알아차린 듯했다. 아빠가 내게 휴대폰을 건네주었다.

나는 열심히 휴대폰 자판을 두드렸다. 하지만 평소보다 손가락 움직임이 둔했다. 경찰 아저씨에게 내 타자 실력을 보여 줄 수 없다는 게 아쉬웠다. 한참 후, 나는 아저씨에게 휴대폰을 내밀었다. 아빠가 어느새 경찰 아저씨 등 뒤로 돌아가 같이 휴대폰을 들여 다봤다.

"흐음."

"이게 대체 무슨! 태의 너, 이렇게 위험한 짓을!"

경찰 아저씨는 굵은 눈썹을 꿈틀거렸고, 아빠는 그제야 불같이 화를 냈다. 나는 어깨를 움츠렸다. 내가 겁먹은 모습을 보이자 아 빠가 가까스로 언성을 낮추었다. 그러고는 진정하려는 듯 크게 심호흡을 했다. 머릿속으로 사건을 정리하는 듯하던 경찰 아저씨 가 곰 같은 표정으로 입을 열었다.

"그러니까 네 말은 체육공원에서 발생한 실족사가 살인사건이 라는 말이구나. 주희정이 피해자를 살해한 진범이고?"

나는 고개를 갸웃거렸다. 주희정이라는 사람이 누군지 몰랐기 때문이다. "아아." 경찰 아저씨가 눈치 빠르게 한마디를 덧붙였다.

"너를 납치한 미용실 직원, 그 여자 이름이 주희정이란다."

아하.

나는 고개를 끄덕였다. 어쩐지 범인의 이름을 듣는 것만으로도 등골이 오싹했다. 범인이 나를 죽이려고 하던 순간이 다시금 떠 올랐다.

"그리고 너는 살인사건의 목격자고."

이번에는 조금 더 크게 고개를 끄덕였다. 그래, 나는 살인사건의 목격자다. 범인의 손에 살해당하지 않고 살아남은 목격자.

"나중에 몸이 다 나으면 경찰서에 나와서 증언을 해 줄 수 있을까?"

"그런 얘기는!"

아빠가 무서운 얼굴로 반박했지만 나는 경찰 아저씨에게 고개를 끄덕였다. 아빠가 눈썹을 찌푸리며 나를 돌아봤다.

아!

그때 머릿속을 스치는 의문이 있었다. 사실은 범인의 집에 묶여 있을 때부터 궁금했던 것인데 경찰 아저씨의 질문에 답을 하느라 잠깐 잊고 있었다. 나는 급하게 휴대폰을 두드렸다.

아저씨는 어떻게 알고 저를 구하러 왔어요?

내 물음에 경찰 아저씨가 눈썹을 슬쩍 밀어 올렸다. 아빠도 궁금하다는 듯 경찰 아저씨를 돌아보았다.

"너, 박희성 경정님과는 어떻게 아는 사이냐?"

그 사람이 누군데요?

머리를 긁적이던 경찰 아저씨가 "그럴 리 없는데" 하며 고개를 갸웃거렸다. 그 모습이 점점 더 곰 같아 보였다.

"내가 갓 형사가 되었을 때 우리 경찰서 서장님이셨지. 무식하게 의욕만 앞서던 햇병아리를 어엿한 형사로 길러 주신 분이란다."

나는 경찰 아저씨가 왜 그런 말을 하는지 이해할 수 없었다. 내 표정을 읽은 경찰 아저씨가 계속 머리를 긁적이며 조금 더 자세한 설명을 늘어놓았다.

"평소 먼저 전화하는 법이 없는 서장님이신데 아, 물론 지금은 서장님이 아니시지만 입버릇이 되어서 말이다. 갑자기 전화를 하셔서 아무래도 친하게 지내는 학생이 위험에 처한 것 같다는 말을 하지 않겠냐? 그러면서 당장 알아봐 달라고 부탁하시더라.

그 목소리가 어찌나 다급하던지 뜬금없는 부탁에 당혹스러워할 겨를도 없었지. 이유 없이 그러실 분이 아니거든. 게다가 우리 경찰서에 전설로 내려오는 그분의 촉을 무시할 수도 없고."

촉? 혹시?

그 서장님이 형사 할아버지예요? 교장 선생님처럼 생긴 형사 할아버지 말이에요.

"하하하. 내가 말하는 그분과 동일 인물이 확실한 것 같구나. 그분 외모에 속은 범죄자가 한둘이 아니지. 만만하게 봤다가 큰코다치기 십상이란다."

경찰 아저씨가 두툼한 손가락으로 빈 병을 톡톡 두드리며 말을 이었다.

"서장님께서 네 학교와 이름을 말씀하셔서 교무실에 전화했더니 보호자 연락처를 알려 주더구나. 그래서 네 아버지에게 전화를 했지. 어쨌든 서장님께서 부탁하신 일이니 성의는 보여야 하지 않겠느냐? 그런데 전화를 받은 네 아버지가 안 그래도 산책 나간 아들이 돌아오지 않는다며 걱정이 보통 아니시더구나."

나는 옆에 앉은 아빠를 힐끔거렸다. 아빠는 그때 생각이 나는지 표정이 어두웠다.

"서장님께 전화를 드려 통화 내용을 말씀드리니 아무래도 네가 범죄에 휘말린 것 같다고 하시더라. 어쩌면 아주 위험한 상황에 처한 건지도 모른다고 말이다. 웬 미용실 이름을 하나 말씀해 주셨는데, 주변 CCTV를 확인했더니 네가 '미미 헤어' 옆 골목으로 들어가는 모습, 거기서 누군가를 뒤쫓아 가는 모습까지 볼 수 있었지."

CCTV가 있을 거라고는 생각지도 못했다. 역시 내 관찰력은 꽝인 모양이었다. 나는 금세 시무룩해졌다. 그런데 형사 할아버지는 내가 미용실에 간 걸 어떻게 알았을까?

"네가 뒤쫓던 직원을 찾는 건 일도 아니었다. 미용실 원장님의 협조하에 그 직원이 주희정이라는 것과 주소까지 일사천리로 알아냈지. 그래서 집까지 갔는데 단번에 쳐들어갈 수는 없었다. 만약 잘못 짚었다면 일이 커질 테고, 제대로 짚었다면 너라는 인질이 있으니까 나로서는 조심스러웠다.

동태를 살피기 위해 아랫집 사람인 척 문을 두드렸는데 주희정의 표정을 보니 딱 감이 오더구나. 긴장한 게 눈에 보였거든. 입으로는 친절하게 사과하면서 눈빛이 아주 살벌하지 뭐냐. 게다가 집 안에서 쿵쿵거리는 심상찮은 소리가 들리기도 했고."

제가 도움을 요청한 거예요. 머리로 바닥을 쿵쿵 찧었어요.

"그래. 그 덕분에 뭔가 안 좋은 일이 벌어지고 있다는 걸 알았지. 그런데 주희정이 안전 고리를 열지 않았기에 무작정 밀고 들어갈 수는 없었다. 거기서 내가 경찰이라는 걸 밝히면 막다른 곳에 몰린 가해자가 어떤 짓을 할지 몰랐고.

그래서 자연스럽게 물러난 뒤 지원 요청을 하고, 옆집을 통해 베란다로 들어간 거란다. 다행히 베란다 문이 잠겨 있지 않았거든."

베란다에서 쿵 하는 소리를 들었어요.

"하하하. 살짝 미끄러졌지 뭐냐. 역시 나이는 못 속인다니까."

구해 주셔서 고맙습니다.

내 말에 경찰 아저씨가 대수롭지 않은 얼굴로 씩 웃었다.

"당연한 일을 한 거란다. 시민의 안전을 지키는 게 경찰의 일이니까. 다만 다음부터는 그런 일이 있으면 너 혼자 해결하려 들지 말고 경찰에 신고부터 해다오."

제가 살인사건을 목격했다고 말해도 아무도 안 믿었을 거예요. 증거도 없었고요. 분명 '쓸데없는 소리 그만하고 썩 돌아가!'라고 했을 거예요. 제가 드라마에서 봤어요.

경찰 아저씨가 어깨를 으쓱했다. 어쩐지 그 표정이 머쓱한 것 같기도 했다.

"뭐, 사고로 종결된 사건이니 그랬을 수도 있긴 한데, 그렇다고 해도 네가 범인의 뒤를 쫓는 건 너무 위험한 행동이었어. 만약 그때 내가 나타나지 않았다면 아버지를 슬프게 만드는 일이 생겼을 거야."

그 말에 나는 다시 한번 아빠를 쳐다보았다. 아빠는 생각하고 싶지 않은 일을 떠올린 사람처럼 눈매를 일그러뜨렸다. 나는 아빠를 슬프게 하고 싶지 않았다. 그제야 내가 무슨 잘못을 했는지 실감이 났다. 내게 안 좋은 일이 생긴다면 엄마가 죽은 후의 나처럼 아빠는 외톨이가 되고 마는 것이다. 아빠에게는 아빠가 없으니 아빠를 구하러 와 줄 슈퍼 히어로도 없었다.

나는 단호하게 고개를 끄덕였다. 다시는 이런 위험한 짓을 하지 않겠다는 뜻이었다.

범인의 집에 있는 물건은 모두 압수하는 건가요?

갑작스러운 내 말에 경찰 아저씨가 의아한 얼굴을 했다.

"모두는 아니고 사건과 관련 있는 물건은 증거로 채택되겠지. 그런데 그건 왜?"

거기 제 쌍안경이 있어요. 돌려받을 수 있을까요? 제 보물 1호예요.

"아아, 사건 당일 범인에게 던졌다던 그 쌍안경 말이냐?"

예.

"안타깝지만 그건 증거품으로 채택될 것 같구나. 거기서 범인의 DNA가 나올지도 모르니까."

내 어깨가 시무룩하게 처졌다. 경찰 아저씨가 "사건이 모두 종결된 뒤에는 네게 돌려주마. 약속하지"라고 한마디를 덧붙였다.

나는 마지못해 고개를 끄덕였다. 아예 돌려받지 못하는 것보다는 나중에라도 돌려받는 게 나았기 때문이다.

"그럼 몸조리 잘하고, 퇴원 후에 경찰서에서 한번 보자."

시원스럽게 인사를 한 경찰 아저씨가 병실 문을 나섰다. 경찰 아저씨를 문 앞까지 배웅한 아빠가 침대로 돌아왔다. 그러고는 덥석, 내 손을 잡았다.

움찔.

나는 내 의사와 상관없이 잡힌 손을 빼내려고 애썼다. 하지만 아빠는 내 손을 놓아주지 않았다. 아주 옛날, 우리가 처음 만났던 그날처럼.

마음이 점점 불안해졌다. 몸을 뒤틀며 팔에 힘을 줬지만 아빠 손이 떨리고 있다는 걸 깨닫고는 나도 모르게 힘을 빼고 말았다. 아빠는 겁에 질린 얼굴을 하고 있었다. 화가 나거나 슬픈 게 아니라 두려워하고 있었다.

심장이 따끔거렸다. 뭔가 아빠에게 큰 잘못을 저지른 듯한 느낌이 들었다. 문득 마음속으로 아빠를 크게 외쳤던 기억이 떠올랐다. 아니, 어쩌면 소리 내어 외쳤는지도 모른다. 입에 더러운 천이 쑤셔 박혀 있어서 들리지 않았을 뿐 나는 분명 소리 내어 아빠를 불렀다.

어쩐지 지금이라면 말을 할 수 있을 것 같았다. 나는 입술을 달싹였다. 함묵증에 걸린 이후 말할 시도조차 하지 않던 내가 입술을 달싹이자 아빠는 꽤나 놀란 모양이었다. 방금까지 겁에 질려 있던 표정이 놀라움으로 뒤바뀌었다. 나는 아빠를 더 놀라게 해 주고 싶었다. 천천히 목구멍을 울리며 소리를 냈다.

"……."

하지만 아무 소리도 나오지 않았다. 나는 실망스러움을 감출 수 없었다. 마음만 먹으면 언제든 말을 할 수 있을 줄 알았는데 현실은 그렇지가 않았던 것이다. 그런데도 아빠는 무척이나 기쁜 얼굴을 했다. 나는 그게 의아했다. 아빠가 나를 보며 환하게 웃었다.

"방금 아빠라고 부른 거지?"

나는 고개를 끄덕였다.

"아빠에게는 분명히 들렸단다."

아빠는 정말 초능력자인지도 모른다. 내 마음속 소리를 들을 수 있는 초능력자.

앗!

나는 최근에 마음속으로 아빠 험담을 한 적이 있는지 생각해 보았다. 하지만 아무것도 떠오르지 않았다. 휴우, 다행이었다.

아빠가 다시 내 손을 잡았다. 나는 그 손을 뿌리치지 않았다. 여전히 불편하고 불쾌했지만 꾹 참았다. 1분 정도는 참을 수 있었다. 아빠를 사랑하니까.

"괜찮아. 천천히 하자. 우리에게는 시간이 많이 있으니까."

나는 고개를 끄덕였다. 어쩐지 몹시 피곤했다. 나는 그대로 다

시 잠이 들었다. 내가 깊은 잠에 빠질 때까지 아빠는 내 손을 꼭
잡고 있었다.

"좋은 꿈 꾸렴, 태의야."

아빠의 목소리가 나를 꿈속으로 인도했다.

"야, 이태리!"

앞자리에 앉은 아이가 불쑥 뒤돌아보았다. 초등학교 3학년 때
부터 안경을 썼다는 남자아이다.

나는 이태리가 아니다. 이태의다. 클 태(太)에 옳을 의(義) 자를
쓴다. 큰 정의로움이라는 뜻이다. 그럼에도 불구하고 남자아이들
은 종종 나를 '이태리'라고 불렀다. 새로운 별명인 모양이다. 바
보, 벙어리, 모자란 놈 같은 것들보다는 훨씬 나았지만 나는 그 별
명이 썩 마음에 들지 않았다.

반 아이들이 나를 힐끔거리는 게 느껴졌다. 오늘따라 반 분위
기가 무척이나 어수선했다. 나는 평소처럼 가방을 내려놓고 자리
에 앉았다. 일주일만의 등교인데 첫 수업이 국어였다. 기분이 울
적했다.

나는 가방에서 국어 교과서를 꺼냈다. 하루아침에 말을 할 수
있는 기적이 일어나지 않는 것처럼 내 국어 실력도 하루아침에
좋아지지는 않았다. 이번 기말고사도 우리 반 꼴찌를 할 게 틀림
없었다.

막 교실로 들어서던 반장이 "뭐야, 왜 이렇게" 하고 중얼거리다 나와 눈이 딱 마주쳤다.

"태의, 너 오늘은 학교에 나왔구나?"

반장은 가방도 벗지 않고 곧장 내 자리로 다가왔다. 그러고는 내 앞에 앉은 남자아이를 빤히 쳐다봤다. 남자아이가 "아, 앉을 래?"라고 말하며 반장에게 자리를 비켜 주었다. 저런 걸 매너라고 하나?

앞자리 남자아이는 생긴 것과 다르게 매너남인 듯했다. 반장은 사양하는 기색도 없이 앞자리를 차지하고 앉더니, 방금 그 아이가 그랬던 것처럼 나를 돌아봤다.

"너 살인범 잡았다며?"

그건 사실과 조금 다르다. 살인범은 경찰 아저씨가 잡았고 나는 살인범에게 잡히기만 했다. 기분 탓인지 반장과 내 대화에 주변 아이들이 귀를 쫑긋 세우는 것 같았다. 물론 그들은 강아지가 아니다. 그러니 귀를 세울 수 없었다. 이건 비유법이다. 화자의 의도는…… 음, 알 수 없다.

"소문이 파다해. 네가 살인사건을 목격했는데 살인범을 추적해서 격투 끝에 붙잡아 경찰에 넘겼다고 말이야. 병원에 입원도 했다며, 살인범이랑 싸운 것 때문에? 어머, 그러고 보니 이마에 아직도 멍 자국이 남아 있네? 그게 범인이랑 싸운 흔적이야?"

나는 아무 말도 하지 않았다. 아니, 조금 더 정확하게 말하자면 무슨 말을 해야 할지 몰랐다.

반장의 말은 사실이 아니었지만 그렇다고 모두 거짓인 것도 아니었다. 내가 살인사건을 목격한 것은 사실이었고, 살인범을 추적한 것도 사실이었으며, 이마에 멍 자국이 있는 것도 사실이다. 하지만 살인범을 격투 끝에 잡아 경찰에 넘긴 건 사실이 아니었다. 나는 범인과 격투는커녕 일방적으로 폭행당했을 뿐이다.

으음…….

나는 휴대폰을 쥔 채로 머뭇거렸다. 어떤 말부터 하는 게 좋을까, 어디까지 말해 주는 게 좋을까, 진지하게 고민하기 시작했다. 하지만 잔뜩 들뜬 반장은 내게 대답할 틈을 주지 않았다. 주변에 있던 아이들이 점점 가까이 다가오는 것 같은 느낌이 들었다.

"네가 학교에 안 나오기 시작한 날 말이야. 그 전날에 우리 우연히 길에서 만났잖아. 너, 그때 내가 말 걸었는데 모른 척하고 사라졌지? 모자 푹 눌러쓰고. 그날 범인을 쫓던 거였어? 나한테도 말해 주지. 도와줄 수 있었는데! 나 태권도 빨간 띠란 말이야."

어쩐지 반장에 대한 이미지가 확 바뀌었다. 원래 이렇게 수다스러웠나? 나는 오랜만의 등교에 모든 게 혼란스러웠다.

"그날 너한테 허니트랩이 여자 향수라는 걸 말해 주려고 했는데, 아!"

어느새 아이들이 내 책상을 동그랗게 둘러쌌다. 앞자리의 안경 쓴 남자아이도 그중 하나였다. 안경 너머로 호기심에 가득 찬 눈동자가 반짝였다.

"아니, 그보다 혹시 네가 찾던 향수 말이야. 그것도 범인을 쫓는 단서였어?"

나는 고개를 끄덕였다. 반장이 처음으로 질문을 하나만 던졌기 때문이다. 내 곁을 둘러싼 아이들이 "오오!" "좀 더 자세히 말해 봐"라며 한 걸음 더 가까이 다가왔다.

나는 가슴이 답답해졌다. 사람이 너무 많았기 때문이다. 반 아이들과 나는 전혀 친분이 없었다.

"경찰서에서 조사도 받은 거야? 드라마처럼?"

나는 또다시 고개를 끄덕였다. 반 아이들이 환호성을 질렀다.

"오오, 멋있다!"

"조사라니! 이태리가 경찰서에서 조사를 받았대!"

경찰 조사는 내가 생각하던 것과 사뭇 달랐다. 드라마에서 보던 매직미러가 달린 음침한 조사실이 아니라 푹신한 소파와 따뜻한 차가 있는 아늑한 상담실로 안내되었다. 초록색 쿠션과 노란색 벽지를 보던 나의 실망감은 차마 말로 표현할 수가 없었다.

경찰 누나는 내가 미성년자인 데다 피해자이기 때문에 여러모로 배려하는 것이라고 설명했다. 나는 배려를 받지 않았다면 더 좋을 뻔했다고 솔직하게 말했다가 아빠와 경찰 누나를 난감하게 만들었다.

조사는 생각보다 싱겁게 끝났다. 내가 할 말을 미리 적어 간 덕분이었다. 시간 순서에 따라 작성한 글은 총 서른일곱 장이었다. 내가 썼지만 이 정도 작문 실력이면 국어 선생님이 깜짝 놀랄 만하다고 생각했다. 물론 비유법과 화자의 의도는 아직 더 공부해야 하지만.

내가 말을 하지 못한다고 미리 언질을 받은 경찰 누나는 컴퓨터 앞에서 만반의 준비를 하고 있다가 내가 건넨 종이를 받아 들고는 당황한 기색을 보였다. 그러고는 잠깐 기다리라는 말을 남겨 놓고 상담실 밖으로 사라졌다.

내 글을 가장 먼저 읽어 본 사람은 물론 아빠다. 아빠는 글을 읽는 동안 총 스물세 번의 한숨을 쉬며 "다행이구나"라는 말을 반복했다. 그건 동감이었다. 살아서 다시 아빠를 만날 수 있었던 건 정말로 다행한 일이었다.

"그런데 '간이 떨어질 뻔했다는 건 진짜로 간이 떨어진다는 말이 아니다. 이건 비유법이다' 이 문장이 꼭 들어가야 하니? 아빠가 본 것만 해도 여섯 번은 되는데?"

당연하죠. 비유법은 아주 중요한 거예요. 문장을 더욱 매끄럽게 해 주거든요.

"여기 '서울에서 김 서방 찾는다는 말은 정말로 김 서방을 찾는 게 아니다. 잘 모르는 사람을 무턱대고 찾아다니거나 막연한 일을 잘 헤아려 보지도 않고 하려는 경우를 말한다. 나는 요즘 국어 공부를 열심히 하고 있다' 이 말도 꼭 들어가야 하니?"

그럼요. 그건 이 사건에서 가장 중요한 대목 중 하나라고요. 그걸 빼고는 사건이 완성되지 않는단 말이에요.

나는 당당하게 대꾸했다. "음, 그렇구나." 아빠는 더 이상 내 문장을 지적하지 않았다. 아마도 내 작문 실력에 깊은 감명을 받은 모양이었다.

"자 자, 모두 자리에 앉도록. 조회를 시작하겠다."

선생님의 딱딱한 목소리가 내 상념을 깨뜨렸다. 주변에 모여 있던 아이들도 뿔뿔이 흩어졌다. 그제야 나는 안도의 한숨을 내쉬었다. 조회가 끝나자마자 국어 교과서를 들고 잽싸게 특별반으로 도망갔다. 내 자리로 몰려왔던 아이들의 아쉬워하는 목소리가 똑똑히 들렸다. 국어 수업이 이렇게 반가운 적은 처음이었다.

참, 국어 선생님한테 내 글을 보여 줄까? 너무 잘 썼다고, 소설가가 되라고 하면 어떻게 하지? 흠, 나중에 아빠랑 의논해 봐야겠다.

하굣길에 형사 할아버지가 보이지 않았다. 나는 할아버지에게 고맙다는 말을 하고 싶었지만 사흘째 모습이 보이지 않았다. 그제야 나는 할아버지의 연락처조차 알지 못한다는 사실을 깨달았다. 형사 할아버지는 작은 공원에 오면 항상 만날 수 있는 사람이었다.

마침 좋은 생각이 떠올랐다. 나는 곧바로 경찰 아저씨에게 메시지를 보냈다.

혹시 형사 할아버지 어디 있는지 알아요? 할아버지가 사흘째 안 보여요.

아, 태의구나? 며칠 전에 경찰서에 다녀갔다는 얘기는 들었다. 네가 제출한 진술서가 경찰서에서 꽤나 화제가 되었거든. 형사 할아버지라면 박희성 서장님 말이냐? 글쎄 잠깐 기다려 봐라. 연락드려 볼 테니.

화제가 되었다는 게 무슨 뜻인지 몰랐지만—화제의 뜻을 모른다는 게 아니라 좋은 쪽의 화제인지 나쁜 쪽의 화제인지 모른다는 의미다. 나도 화제의 뜻 정도는 알고 있다. 화제가 되었다는 건 이야깃거리가 되었다는 거다—경찰 아저씨가 기다리라고 말했기에 얌전히 기다렸다.

째깍째깍, 시간이 흘렀다. 정확하게 5분 16초 후, 경찰 아저씨에게서 연락이 왔다.

닷새 전에 폐렴으로 입원하셨다는구나. 연세가 많으셔서 조심하셔야 할 텐데 걱정이다. 병문안 갈 거면 어느 병원인지 알려 주마. 주소가 필요하니?

예.

다음 날, 나는 경찰 아저씨가 알려 준 병원을 혼자서 찾아갔다. 미로 같은 복도에 우두커니 서 있으려니 꽤 당황스러웠다. 아빠는 처음 가는 병원이라도 한 번에 진료실을 찾는 능력이 있었다. 하지만 나는 어디로 가야 할지 알 수 없었다. 손에 든 음료수 상자가 무거웠다.

"병문안 왔니? 몇 호를 찾니?"

차트를 들고 지나가던 간호사 누나가 우두커니 서 있는 나를 발견하고는 상냥한 얼굴로 물었다. 성인 여자는 무서웠지만 간호사 누나는 아빠와 비슷한 미소를 짓고 있었다. 매니큐어도 바르지 않았다. 나는 용기를 내어 병실 호수가 적힌 종이를 내밀었다.

"아, 627호 말이구나. 이 길로 쭉 가다가 왼쪽으로 꺾은 다음 보이는 가장 끝 방이란다."

나는 간호사 누나에게 꾸벅 인사를 하고 가르쳐 준 길을 따라 걷기 시작했다. 금세 '627호'라고 적힌 팻말이 눈앞에 나타났다.

똑똑, 노크를 하고 병실 안으로 들어가자 가장 먼저 여섯 개의 침대가 보였다. 나는 방 안을 둘러보았다. 넓은 방에서 형사 할아버지를 찾는 건 그리 어렵지 않았다. 공원에서 그랬던 것처럼 할아버지는 침대 위에 앉아 창밖을 내다보고 있었기 때문이다. 나는 곧장 할아버지에게로 걸어갔다.

인기척을 느낀 할아버지가 느릿느릿 뒤돌아봤다. 할아버지의 코에는 파란 줄이 꽂혀 있었다. 할아버지가 나를 보며 놀란 표정을 짓더니 이내 환하게 웃었다. 옛날 일을 얘기할 때면 반짝거리던 눈빛이 오늘따라 유독 힘이 없었다.

"무사하다는 이야기는 들었단다."

할아버지의 목소리에서 쇳소리가 났다. 나는 할아버지에게 꾸벅 인사를 했다. 어쨌든 인사를 잘해야 반은 먹고 들어가기 때문이다. 병문안 필수품인 비타민 음료와 급식으로 나온 우유 한 팩을 건넸다. 할아버지가 "고맙구나"라고 말하며 너털웃음을 터뜨렸다.

"여기 앉아 보거라."

할아버지가 권하는 대로 침대 옆 의자에 앉았다. 쌔액쌕, 할아버지의 숨소리가 평소보다 크게 들렸다.

"자, 이제 무슨 일이 있었는지 들려다오."

나는 경찰에 제출한 서른일곱 장의 글을 늘 가방에 넣고 다녔다. 아직 국어 선생님에게 보여 줄지 말지 결심이 서지 않은 탓이다. 그것을 꺼내 할아버지에게 내밀자 어리둥절한 얼굴로 종이와 나를 번갈아보더니 이내 고개를 끄덕였다. 그러고는 내가 쓴 글을 읽기 시작했다.

"저런, 저런." "아이고, 큰일 날 뻔했구나." 혼잣말을 읊조리며 글을 읽던 할아버지가 마침내 종이를 내려놓았다. 주름진 얼굴이 나를 향했다.

"고생 많았구나. 무사해서 다행이다."

고개를 끄덕이던 나는 서둘러 주머니를 뒤적였다. 그러고는 휴대폰을 꺼냈다. 할아버지에게 궁금한 게 있었기 때문이다.

할아버지는 어떻게 제가 살인범을 쫓고 있다는 걸 알았어요? 그날 제가 범인을 미행할 거란 사실과 범인이 미용실 직원이라는 사실은 또 어떻게 알았나요?

"그야 간단하지."

할아버지 목소리에 조금 힘이 돌아왔다. 그제야 공원에서 보던 할아버지 같았다.

"그날 네가 집으로 돌아간 후 벤치에서 네 노트를 발견했단다. 매일 무얼 그리 열심히 적는지 궁금해서 열어 봤더니 아주 의미심장한 내용들이 있더구나. 게다가 미용실 목록도 있었지. 대부분 X 표시가 쳐져 있는데 '미미 헤어'에만 동그라미가 쳐져 있었다.

심지어 그 페이지의 제목이 '체육공원 살인사건'인 바에야 눈치채지 못하는 게 더 이상할 게다. 네가 마지막으로 내게 물었던 말을 기억하느냐?"

나는 기억을 되살리려고 허공을 바라봤다. 할아버지가 그러던 것처럼. 그러나 기억을 떠올리기도 전에 할아버지가 먼저 입을 열었다.

"범인이 무서울 때 어떻게 하느냐고 물어봤단다. 내 대답을 들은 네 표정이 마치 무언가를 결심한 듯 비장하더구나. 그걸 보고 이상하다고 생각했는데 노트를 보니 딱 감이 오더라. 그건 그냥 불길한 예감이 아니라 오랜 형사로서의 촉이었는데."

저도 알아요!

나는 재빨리 휴대폰을 내밀었다. 그러고는 '촉을 믿어라'라는 말을 덧붙였다. 할아버지가 "하하하" 소리 내어 웃었다.

"그래, 그럴 때는 촉을 믿어야 하는 법이란다. 촉은 수많은 경험이 축적된 결과거든."

역시 할아버지의 관찰력은 대단했다.

고맙습니다.

내 인사에 할아버지가 껄껄 웃었다. 그러고는 침대 옆에 있는 서랍을 열어 무언가를 꺼냈다. 내 노트였다.

"가져가거라. 돌려줄 수 있어서 다행이구나."

나는 할아버지가 건넨 노트를 받아 들었다. 노트 표지를 보며 잠시 망설이다가 조심스럽게 물었다.

혹시 할아버지 전화번호를 물어봐도 될까요?

전화번호를 묻는다는 건 연락을 하겠다는 의미다. 그건 우리 사이에 친분이 생겼다는 뜻이다.

"그럼. 되고말고. 안 될 게 있느냐."

할아버지는 흔쾌히 내게 전화번호를 알려 주었다. 그리고 내 두 번째 친구가 되었다. 물론 첫 번째 친구는 아빠다.

나는 형사 할아버지만큼 관찰력이 뛰어나지 못하다. 다른 그림 찾기는 아직도 레벨 4에 머물러 있었다. 그건 하루아침에 길러지는 능력이 아니다. 꾸준한 연습과 훈련으로 갈고 닦아야 하는 것이다. 하지만 지금 이 순간 내 촉은 틀리지 않았다는 예감이 들었다.

내 머리 위에 있는 간판을 올려다보았다.

'박찬종 베이커리.'

나는 빵집의 문을 열고 들어갔다.

딸랑.

문 밖으로 새어 나오던 고소한 빵 냄새가 확 짙어졌고 "어서 오세요" 하는 인사 소리가 종소리를 덮었다. 나는 천천히 빵집을 둘러봤다. 한눈에 들어올 만큼 작은 가게 안에는 두 사람이 있었는데, 조리복을 입고 카운터 뒤에 서 있는 아저씨와 쟁반을 들고 빵을 진열하는 아주머니였다.

나는 곧장 카운터로 향했다. 아저씨가 나를 보더니 싱긋 웃었다. 무뚝뚝한 얼굴이 금세 푸근하게 바뀌었다. 나는 아저씨에게 꾸벅 고개를 숙여 인사했다. 어쨌든 인사만 잘해도 반은 먹고 들어가기 때문이다. 물론 어디로 들어가는지는 아직까지 밝혀내지 못했다.

"무슨 일이니? 찾는 빵이라도 있니?"

아저씨가 카운터 옆에 놓인 행주에 손을 닦으며 물었다. 나는 아저씨에게 휴대폰 화면을 보여 주었다.

안녕하세요. 저는 올해로 열다섯 살인 이태의라고 하는데 함묵증이라 말을 못 해요. 문자로 이야기하는 걸 양해해 주세요.

내가 처음 만난 사람에게 늘 보여 주는 문구다. 저기서 매년 나이만 바뀐다. 낯선 사람을 만날 기회가 많지 않은 탓에 이 문구를 사용하는 게 무척 오랜만인 것처럼 느껴졌다.

휴대폰 화면을 들여다보던 아저씨가 얼떨떨한 얼굴로 고개를 끄덕였다.

"그래. 무슨 일이니?"

아저씨가 박찬종 아저씨예요?

"그렇다만?"

아저씨.

나는 숨을 크게 들이쉬었다. 마치 비장의 카드를 내놓는 선수처럼 결연한 표정을 지었다.

형사 할아버지의 아들이죠?

"응?"

아저씨는 무슨 영문인지 모르겠다는 듯 눈살을 찌푸렸다. 나는 다시 휴대폰 화면을 타다닥 두드렸다. 내 머릿속으로 노트의 다음 페이지가 떠올랐다.

<형사 할아버지 사건의 단서>

할아버지는 항상 작은 공원 두 번째 벤치에 앉아 있음. 종종 길 건너편을 바라봄.

두 번째 벤치에서는 길 건너편의 빵집이 보임.

첫 번째, 세 번째, 네 번째 벤치에서는 나무에 가려 빵집이 보이지 않음. (실험 완료)

빵집 주인의 이름은 '박찬종', 형사 할아버지 이름은 '박희성'. 성이 똑같음.

할아버지에게는 어렸을 때 헤어진 아들이 있음. 아들의 나이는 서른다섯 살.

빵집 문 앞에서 관찰한 결과, 남자 사장님은 대충 30대 후반으로 보임. 노안?

모든 단서는 하나의 사실을 가리키고 있었다.

제 뛰어난 관찰력으로 알아낸 건데 아저씨가 박희성 할아버지의 아들 맞죠?

그 순간 아저씨의 얼굴이 딱딱하게 굳었다. 듣고 싶지 않은 이름을 들은 것처럼 대번에 눈매가 사나워졌다. 험악한 분위기에 나는 그때까지의 당당하던 기세를 잃고 순식간에 위축되었다.

"빵 안 살 거면 이만 가거라."

아저씨가 화를 내듯 나를 쫓아냈다. 나는 당장이라도 도망치고 싶었다. 하지만 두려운 마음을 누르고 꿋꿋이 휴대폰을 두드렸다. 내 두 번째 친구인 형사 할아버지를 위해서.

할아버지가 폐렴으로 입원하셨어요. 벌써 일주일도 넘었어요. 할아버지는 아저씨가 보고 싶을 거예요. 매일매일 저기 맞은편 공원 벤치에 앉아서 빵집을 바라보고 계셨거든요. 8개월 동안요. 근데 병원에서는 빵집이 보이지 않아서 슬픈 표정이었어요.

아저씨는 아무 말도 하지 않았다. 그저 무시무시한 눈으로 휴대폰 화면만 노려봤을 뿐이다. 나는 아저씨에게 병원 이름과 병실 번호가 적힌 종이를 건네주고는 황급히 빵집을 빠져나왔다.

그 후, 아저씨가 할아버지를 찾아갔는지 아닌지는 알 수 없었다. 궁금하기는 했지만 다시 그 무서운 아저씨를 찾아가 성난 얼굴을 마주할 용기는 나지 않았다.

하지만 오래지 않아 내 궁금증은 해결될 것이다. 할아버지가 퇴원을 하면 예전처럼 언제든 공원에서 만날 수 있으니까 말이다.

밤하늘에 뜬 별이 희미한 빛을 냈다. 먼지만큼 작은 별이라 그것이 별인지 인공위성인지조차 알 수 없었다. 나는 창문 너머로 밤하늘을 올려다보며 긴 한숨을 내쉬었다.

아직 쌍안경은 돌려받지 못했다. 그래서 오늘도 맨눈으로 별을 볼 수밖에 없었다. 하지만 언젠가는 돌려받을 수 있을 것이다. 경찰 아저씨와 약속을 했으니 분명 돌려받을 수 있을 터였다. 그게 언제일지는 모르겠지만.

어쩐지 오늘은 잠이 오지 않았다. 내일, 아니 이제 몇 분만 있으면 내 생일이다. 며칠 전, 아빠가 올해는 어떤 선물이 받고 싶냐고 물었다. 나는 시무룩한 얼굴로 고개를 저었다.

올해 생일에는 아무것도 안 사 줘도 돼요.

내 대답에 의아한 듯 두 눈을 크게 뜨던 아빠는 '대신 돈을 모아 스무 살 생일에 천체망원경을 사 주세요'라는 말에 그제야 함박웃음을 터뜨렸다. 나는 아빠를 따라 웃을 수가 없었다. 스무 살 생일이 되려면 아직 5년이나 남았기 때문이다.

"참, 태의 생일 선물로 카페 사장님이 딸기케이크를 만들어 주

신다고 하더구나."

그건 좋아요.

"토요일에 아빠랑 같이 출근하겠니?"

나는 고개를 끄덕였다. 딸기케이크는 내가 열한 번째로 좋아하는 음식이다. 그러니 거절할 이유가 없었다.

게다가 카페 사장님은 가끔 엄청난 마법사 같았다. 이건 바로 지난 주말에 있었던 일이다. 아빠와 함께 편의점으로 출근을 했는데 카페 사장님이 내게 갓 구운 케이크 한 조각을 선물했다. 나는 크림치즈가 들어간 꾸덕한 케이크를 아주 맛있게 먹었다.

그런 나를 보며 빙긋 웃던 카페 사장님이 "태의 너, 당근을 싫어한다며?" 하고 물었다. 나는 말없이 고개만 끄덕였다. 당근의 색깔, 맛, 식감을 떠올리는 것만으로도 어깨가 부르르 떨릴 만큼 싫었다.

"그런데 당근케이크는 잘 먹는구나?"

그 순간 하늘이 무너진 것 같았다. 이 맛있는 케이크가 당근으로 만든 것이었다니! 그건 내가 알고 있던 세계가 거꾸로 뒤집히는 것만큼이나 충격적인 사건이었다. 카페 사장님은 마법사가 틀림없었다. 맛없는 것도 맛있는 것으로 바꾸는 마법사 말이다.

음, 그런데 카페 사장님은 시금치로도 맛있는 케이크를 만들 수 있을까? 시금치까지 맛있게 만들 수 있다면 마법사가 확실할 텐데.

내가 엉뚱한 생각에 빠져 있을 때였다.

똑똑.

방문을 두드리는 소리가 났다. 나는 얼른 침대 안으로 뛰어 들었다. 늦게까지 자지 않고 있으면 아빠가 걱정을 하기 때문이다. 방문이 살짝 열리고 아빠가 들어왔다. 아빠는 곧장 침대로 다가와 내 머리맡에 앉았다. 벌써 "좋은 꿈꾸렴" 하는 인사까지 했는데 왜 아빠가 내 방을 찾아왔을까 궁금했지만 나는 잠자코 기다렸다. 손목시계를 보던 아빠가 밝게 웃으며 말했다.

"생일 축하한다, 태의야."

아! 밤 12시 정각이었다. 오늘은 내 생일이다!

하지만 올해는 선물이 없다. 아니, 스무 살이 될 때까지는 계속 선물이 없을 것이다. 마음이 조금 무거워졌다. 나는 내가 이렇게 속물인지 미처 알지 못했다.

아빠가 문 밖으로 나가더니 커다란 박스를 들고 돌아왔다. 무심코 박스에 적힌 글자를 읽던 내 눈이 순식간에 화등잔만 해졌다.

천체망원경?

"우, 우왓!"

불현듯 내 입에서 비명 같은 감탄사가 터졌다. 목구멍에서 터져 나온 목소리는 분명 듣기 좋은 소리는 아니었다. 마치 가뭄의 논처럼 비쩍 마르고 갈라졌다. 하지만 그것은 분명 내 목소리였다.

나도 놀랐고, 아빠도 놀랐다. 내가 말을 하는 순간은 늘 꿈꾸었던 것처럼 극적이지도 않았고 화려하지도 않았다. 아니, 오히려 어이가 없을 만큼 허탈하기까지 했다.

"태의야!"

아빠는 눈물을 글썽이며 감격에 겨운 얼굴을 하고 있었다. 그것만으로도 가슴이 뿌듯하게 부풀어 올랐다. 아빠는 쉽사리 말을 잇지 못하고 연신 내 이름만 불렀다. 아빠의 몸이 가늘게 떨렸다. 어쩌면 내게는 허탈한 이 순간이 아빠에게는 무척이나 극적이고 짜릿한 순간일지도 모르겠다는 생각이 들었다.

나는 두 눈을 깜빡이며 아빠를 마주 보았다. 내 시선을 눈치챈 아빠가 문득 서운한 표정을 지었다. 그러자 금세 우스꽝스러운 얼굴이 되었다.

"태의 너, 아빠보다 천체망원경이 더 좋다 그거지? 이제 아빠는 4등이 된 거냐?"

나는 아빠의 기분을 신경 쓸 겨를이 없었다. 심장이 벌렁벌렁 날뛰기 시작했기 때문이다. 호흡이 점점 가빠졌다. 박스가 생각보다 커다랬다. 대문짝만하게 적힌 글씨는 내가 가장 원하던 브랜드와 모델의 이름이었다. 화성의 무늬와 토성의 고리까지 볼 수 있는 비싼 천체망원경이었다.

"우와아아!"

나는 그 자리에서 방방 뛰었다. 뱅글뱅글 맴을 돌았다. 좋아서 어쩔 줄을 몰랐다. 가슴이 벅차올랐다. 이대로 부풀다가 빵 터질 것만 같았다. 발밑이 울렁거렸다. 마치 하늘 위를 걷고 있는 것 같았다. 나는 괴성을 지르며 온 동네를 마구 뛰어다니고 싶었다.

오늘은 내 스무 살 생일이 아니다. 열다섯 살 생일이다! 그리고 지금 이 순간, 내 보물 1호가 바뀌었다. 나는 방 안을 빙빙 돌던 걸 멈추고 박스로 달려갔다. 아빠가 못 말리겠다는 듯 웃음을 터뜨렸고 나도 활짝 웃었다.

따뜻한 시선으로 나를 지켜보던 아빠가 다시 한번 "생일 축하한다, 태의야. 태어나 줘서 고맙다"라고 말했다. 나는 당장이라도 천체망원경을 뜯어 보고 싶었지만 그보다 먼저 아빠 품으로 뛰어들었다.

아빠는 내 심장에 박힌 가시를 뽑아 주는 사람이었다. 이제는 나 홀로 웅크리고 앉아 가슴을 껴안을 필요가 없었다. 지금 이 순간 나는 그 어느 때보다 행복했다.

나는 비쩍 마르고 갈라진 형편없는 목소리로 힘껏 외쳤다.

"아빠, 사랑해요! 치즈요거트아이스크림만큼!"

작가의 말

청소년 시절이 기억도 안 날 만큼 까마득하지만 나는 여전히 청소년 소설을 좋아한다. 무엇 때문일까? 문득 떠오른 의문에 곰곰이 생각에 잠겼다.

그러다 얻은 답은 주인공의 성장이었다.

청소년 소설 속에 등장하는 주인공들은 대체로 완벽하지 못하다. 물론 어른이 된다고 저절로 완벽해지는 건 아니지만 말이다.

어딘가 부족한 주인공이 가족이나 친구 혹은 어떠한 사건을 계기로 성장해 나가는 모습을 지켜보는 것은 내게 묘한 감동과 희열을 안겨 주곤 했다.

『소리를 삼킨 소년』의 주인공 이태의는 보통 아이들보다 좀 더 부족하다. 특이할 만큼 특별해서 친구라고 부를 인물 하나 없지만, 그런 태의도 결국은 주변 사람들의 도움으로 한 뼘쯤 성장한다.

개인적으로 그 성장의 계기가 모험이면 더할 나위 없이 좋다. 상상 속 세계의 화려한 모험이든, 일상 속 세계의 소박한 모험이든 말이다.

다들 한 번쯤은 꿈꾸듯이 내 어릴 적 꿈도 탐정이었다.

"왓슨, 보는 것과 관찰하는 것은 다르다네. 방금 자네가 올라온 계단의 개수가 몇 개인지 알고 있나?"

셜록 홈즈의 신랄한 한마디에 계단을 오를 때마다 하나씩 숫자를 헤아려 본 경험은 다들 있을 것이다. 아니, 없어도 괜찮다. 이 글을 읽는 순간부터 자신도 모르게 계단을 오를 때마다 숫자를 세게 될 테니까.

이처럼 『소리를 삼킨 소년』은 내가 좋아하는 성장과 모험, 탐정이라는 소재가 모두 담긴 글이다. 그 덕분에 글을 쓰는 동안 무척이나 즐거웠다. 이 글을 읽는 분들도 내가 느낀 즐거움을 고스란히 느껴 주시면 더 이상 바랄 게 없다.

마지막으로 이 글에 신뢰를 보내 주신 심사 위원분들과 출판사 관계자분들에게 이 자리를 빌려 감사의 마음을 전한다.

부연정

소리를 삼킨 소년

© 부연정, 2021

초판 1쇄 발행일 | 2021년 4월 2일
초판 8쇄 발행일 | 2024년 4월 30일

지은이 | 부연정
펴낸이 | 정은영

펴낸곳 | (주)자음과모음
출판등록 | 2001년 11월 28일 제2001-000259호
주　소 | 10881 경기도 파주시 회동길 325-20
전　화 | 편집부 (02)324-2347, 경영지원부 (02)325-6047
팩　스 | 편집부 (02)324-2348, 경영지원부 (02)2648-1311
이메일 | jamoteen@jamobook.com

ISBN 978-89-544-4682-2(43810)